Treasures for Scholars Worldwide

蔣冕集

4

桂學文庫·廣西歷代文獻集成

潘琦　主編

廣西師範大學出版社
GUANGXI NORMAL UNIVERSITY PRESS
·桂林·

重刻蔣文定公湘皐集卷之三十六

清湘後學俞廷舉重編
闔邑紳士　同刊

七言律

大司馬幸菴彭公弟濟永省兄西還次韻二首

到京兩月便還鄉不論岍岐路短長郊藪鳳麟寧易得朝家羅網正高張池塘在處頻懸夢風雨今宵且對牀聞道年來富吟詠幾多詩卷墨花香

西行何日抵仙鄉袞馬翩翩逸興長友愛平生追軾轍游談從昔陋蘇張飲酣竹葉風生座吟對梅花月

滿牀見說皐蘭多沃壤歸時秫稻正飄香

次韻送大司馬幸菴彭公西歸三首

金門寒漏履聲中英槩誰爲一代雄大節堂堂堅比石孤忠耿耿老猶童殿廷屢下留賢詔鐘鼎多銘殄宼功世正急賢身勇退幾人翹首仰高風

隴梅莫放一花飛已築衡茅傍翠微請老得俞章欲下籌邊有策手猶揮憂懷秖道關時切世事那知與願違屈指人才誰甲乙如公今日又西歸

耆俊連朝出帝鄉秦關楚澤路何長天開魏闕宸奎燦雪滿燕臺祖席張士論褒崇詩幾卷家聲赫奕笏

連牀平生出處眞無愧汗簡千年姓字香

濟丞再省其兄幸菴公未幾歸蘭州次韻送之

二首

往來岐路半年中馬上看山意氣雄寶劒光芒衝斗
宿錦囊詩句付奚童鴈分正爾情無限驪唱方知酒
有功他日鵬程還遠到未容蓬鬢老秋風

心逐孤雲隴上飛望中煙樹曉霏微感時漫把烏紗
岸贊幕曾將白羽揮風雨對床纔踐約鄉關入夢忍
相違送行不識詩多少珠玉輝煌滿篋歸

京城見梅

冰雪叢中早立身清標原不染纖塵宜寒宜煖雖隨地開早開遲總是春庾嶺清香聽月下孤山疎影照湖濱併將此日東風面欲倩丹青爲寫真

憶與梅花別幾時朝來何幸見京師冰肌玉骨依然好煖日和風也自宜嶺外竹松貞是伴街頭塵土可能緇臘前春後君休較且對芳樽一賦詩

送胡訓導赴南昌

桂林胡生侍自幼有志能傳其父陝西憲副用晦公家學有聲場屋間屢試輒不偶去年膺有司貢比上禮部間來謁予因延之家塾

中以教犬子既數月有南昌縣學訓導之命
欲留之而不可得也詩以送之

兒曹方喜得明師立雪堦前也不辭豈謂拜恩楓陛下遽聞持鐸豫江湄西山月映儒宮檜南浦波連泮沼猗對此吟懐知更好鴈歸應有寄來詩

送曹教諭赴任安仁

君往安仁勇莫留未如前度緩行騶黄金臺下承新命雲錦江邊詫勝遊壇杏颸香來硯几泮芹凝綠上簾鈎一官隨分知無負肯爲氊寒對客愁

送袁訓導赴惠州府學

歸鞍不待雨全晴應念高堂白髮生得祿已諧迎養志過家先慰倚門情雲山地接鄉關近海嶠天浮島嶼輕遙想臯比弦誦處春風桃李競敷榮

次涯翁李文正公贈蕭院判詩韻

我憶涯翁淚泫然此生欲見更無緣與君珠玉真堪重絕世瓊瑰未足憐居藥宋清因柳子著書龐叟託坡仙他時太史收方技誰道今人不及前

平生襟韻本脩然身在廛居少俗緣妙術幾年為世用好懷隨處得人憐客來留飲常成醉公退居閒半似仙惟有好詩情不倦每勞飛刺到門前

汝潔武選以使事便道奉其母太孺人歸湘源

詩以壽之

仙袂飄飄畫省郎承恩將母暫還鄉皇華詩向高秋詠寶婺星從午夜光堂背靈萱隨日茂階前慈竹拂雲長壽筵敞處薰風細魚筍堆盤酒滿觴

兵曺清譽藹朝紳有母康强壽六旬天上幾函封誥在篋中五色賜衣新抱孫已遂含飴樂迎養何辭給驛頻多少詩章祝純嘏儘教傳誦徧鄉人

送同知儋州事陳君汝堅進蘇州府通判致仕

歸應城

塵世勞勞宦海間幾人未老卽投閒新銜初換蘇州倅清夢先歸楚澤山海上棠陰留治所庭前荆樹重鄉關冥鴻天外誰能慕不似空林倦鳥還

瓜葛相依二十秋愛君真向古人求幾回鴈杳書難寄一見蟬聯語未休表捧琅函方入獻簪添華髮遠能投明朝又是都門別且聽陽關醉後謳

次三江宗伯留别詩韻送之歸吳

夢向東吳看秫田覺來歸興已飄然可緣軒冕心情淡自是絲綸寵數偏得句每欣毛穎健陶情時愛麯生賢江湖無限憂君意次對封章達九天

礪菴少保初度日酒闌石齋少師詠水晶葡萄
爲壽湖東少保有詩次韻晃亦繼作
水晶珠在玉盤堆還憶春風手自栽味比蓬山仙醴
勝種隨漢使節旄回延年何必求靈藥釀酒偏宜注
壽杯歲歲華筵酣醉後蔗漿茗飲可能陪
次少師石齋楊公賜宴志感韻二首
三少九年還一考奏功又見拜丹墀天卿面引承恩
重手勅親頒入謝遲疏至四陳纔得允壽祈千歲恰
如期日斜宴錫南宮罷天保同歌祝聖詩
一代名臣榮壽日百年曠典特頒時清朝已慶風雲

會異寵誰云雨露私到處艱危惟自盡平生忠義秪天知温綸每說勞謙事多少衣冠喜得師

壽西涯李文正公母麻太夫人九十

膝下能成間世賢黄扉勳德至今傳清朝已衍千齡運慈算纔開九袠筵一品命章封兩度平生懿範擬三遷蘭孫衣錦承歡處南極光中寶婺聯

子有維持世道功母年近百貌猶童君恩家慶相符合物理天心益感通桃李滿門如舊日芝蘭繞砌自香風我隨耆俊登堂拜佳氣今朝倍鬱葱

談往事

唾壺聲裏出商謳身在元龍百尺樓莫對青山談往事且容白髮管閒愁酒杯到手時能醉塵務撩人夢不休鷗鷺有盟非一日烟波隨處着扁舟

鄙夫

我本湘源一鄙夫偶然竊祿侍清都不因天上施殊渥安得山中養病軀跡已漁樵還鹿豕憂誰廊廟更江湖山南水北閒來往時向風前倒酒壺

病半月小愈偶書四首

十日看山願晷償兩旬臥疾懶衣裳光陰秖計窗明暗氣候惟占藥燥凉玉署幾年懷稻壠桑弧轉眼博

繩牀容來莫道渾無事掃地開爐正爾忙

筆床茶竈具輕舟擬向湘江晝夜浮大塊何心令我病高人從古與天游夢思海上蓬萊島興在湖南杜若洲三十八年塵土裏風霜空弊黑貂裘

釣軸寧容處不才乞歸林下擬禳災世間惟有閒難得意外那知病却來竈婢侵晨催啜粥園丁薄暮爲尋梅今朝四遠山無霧待看青天萬里開

鍾期不聽伯牙琴魚鳥飛潛亦賞音竹葉有情難洽病梅花開口便知心把鋤肯計年豐歉覽鏡寧悲雪淺深昨日湘江新漲碧白鷗盟在好重尋

遣懷六首

萬里湘皐一病翁形如枯木鬢如蓬藥爐又見秋風
老窻紙俄欣夕照紅耳聽客談心瞶眂手拈書卷眼
朦朧世間百念俱灰冷猶喜隨人祝歲豐

不分竹下與松間牧叟樵夫任往還憂國淚邊雙白
髩登樓眼裏幾青山詩成桄上聊乘興酒對花前暫
解顔世事百年徒役役那知物外有人閒

一飯隨時飽卽休此身何苦與心讐人皆有老誰能
免世已相違可更求縶縛掃空林外鹿機關忘盡海
邊鷗殘骸敢望長粗健任意扶衰且出遊

黃扉竊祿已多年詔許歸耕壠上田身健恰如新換
骨心閒敢謂勝登仙半窓明月偏宜酒滿眼青山不
用錢浮世功名無過食蓴鱸誰似季鷹賢

飛飛倦鳥競投林百感中來不自禁事過目前渾似
夢道非身外日關心酒無淺酌寧深酌詩且長吟更
短吟忙處人多閒處少誰知閒裏好光陰

山中可樂樂無涯田叟村翁未必知久住仕途歸老
日正逢衰病去身時弟兄先後承恩詔伏臘從容舉
壽巵朝夕焚香還擊壤此生何往不熙熙

冬苦雨歎

到處人多太息聲今年南畝枉深耕已忻禾有十分熟其奈冬無半月晴倉庾幾時能納稅閭閻何計可偷生此懷亟欲聞當宁却恨迢迢萬里程

晨起二首

晨起科頭坐小齋紛然寒雀噪空堦踈踈蒲柳霜先瘁短短松篁雪半埋信口謳吟聊趁韻見人觴奕也開懷衰年自覺精神減何幸君王許賜骸

殘臘無多歲欲更寒雲漠漠擁柴荊百年能得幾時好兩月全無十日晴身似風前蓬半朽眼如花外霧叢生遠遊姑待春前後且辦煙蓑近郭行

卧病不能拜掃先壠

冕去年得謝南歸抵家後隨大兄梅軒翁拜掃遠近先壠朝往夕返無處不偕今年春仲冕以病痾卧家大兄每每獨往及冬仲則大兄時或微恙多不偕行至於近數日雖暨石綽楔於先曾祖員外柱國公墓前而冕亦以病不能從大兄之後矣况舊冬久晴而今歲秋冬苦雨雖松楸在近郭者亦多艱於拜掃歎息不足繼之以詩

去歲吾歸自帝京出門日日喜晴明一盂麥飯澆先

壠在處籃輿從大兒爾我近來時卧疾春秋大半不同行幾年風雨連朝暮遥望松楸倍愴情

久衰

枯蒲衰栁不禁秋步倩人扶帕裹頭夜卧形骸梅共瘦晨興飲啄鶴同謀登山臨水雖難强閉戸焚香亦自由乘興謳吟俄興盡底須雪夜剡溪舟

夜坐偶憶涯翁先生見教詩率爾次韻

春半如冬氣尚寒鏡中華髮老頻看酒盃到手心先醉塵事勞人夢豈安自信煙霞成癖久誰云松檜託交難山城不辨更長短啼鳥聲中夜已闌

自七里橋北至礲巖途間漫興

小橋北去日平西恣意尋幽信馬蹄蒼靄林邊山遠近青松石上路高低草鋪長纚煙横坂秧出新針水滿畦多謝有情雙野鳥飛來飛去向人啼

礲巖去吾郡城雖不遠顧平生未始一遊自去年冬仲至今年春季未半歲間乃獲兩至其地登覽之餘喜而得詩二首

貪看形勝强攀躋山涿霏霏滿袖携造物何年留畫本仙家隨處有丹梯源頭雨過泉初激洞口雲歸日漸低無數古碑苔蝕盡姓名何用石間題

匡當竅曲忽通明似敞高軒數百楹玉黍揣空俄復見石田抛久可曾耕蜿蜒神物何年化黯慘寒雲盡日橫老去自憐無記性兩廻來往路還生

病起

病後皤然兩鬢霜逢人隨處說耕桑悠悠戲水魚方樂去去尋羶蟻自忙東海深交誰管鮑北窓高卧暫羲皇杯傾竹葉原無分且看縈爐一炷香

次韻遊湘山二首

寺遠城闉客到稀白雲終日鎖禪扉幾人冐雪尋僧話何處凌空有錫飛西域路遙惟葬履南華歲久不

傳衣三生石上誰同坐說着無生忘却歸

我愛奚囊手自提尋幽要與鶴同棲黃龍說法人天外白馬馱經竺國西澗水亂從蒼蘚出峰巒高與碧雲齊興來拾得春風句直向懸崖石上題

再次韻二首

病久籃輿出郭稀誰人為我敞巖扉多情煙樹迎風肅無語山禽背竹飛冰雪滿庭清客思塵埃何處着僧衣雨晴正好看山色對酒高吟暮不歸

來遊我尚記孩提塔頂分明鸛雀棲法自黃梅傳嶺外人從郴水住湘西九天月照千江白一樹花開五

葉齊多少古碑遭刧火姓名不用壁間題

次韻遊柳山二首

柳侯身與道相關歷世人猶姓此山名在乾坤長赫奕澤流湘浦亦潺湲亭臺遠近煙霞裏碑碣高低竹樹間民到於今歌德化清風千古孰能攀

蘚封危磴玉稜層竹杖芒鞋緩步登偉矣群峰來拱挹翛然九夏失炎蒸吟邊岡阜陰晴異望裏江流晝夜澄西去湘山纔咫尺誰輸奇勝屬高僧

再次韻二首

新年塵事了無關躡屐先尋郭外山宣聖堂前雲漠

漠柳侯祠下水湲湲春回巖壑清幽處人在烟霞杳靄間乘興欲窮千里目不辭扶病强躋攀

景物逢春日漸增近郊山不厭頻登雨聲未向枝頭響雲氣先從石上蒸入眼煙巒隨處好醒心寒澗本來澄詠高白雪難爲和也付奚童寫寄僧

次祝大叅留別韻三首

窮鄉一日幾陰晴嵐氣何妨暫濕纓迎客好山如揖讓向人幽鳥自和鳴夢懸魏闕無時忘心似湘江徹底清垂老相逢俄又別祖筵瞻望不勝情

老來病骨最宜晴隨處臨流愛濯纓天下固多難處

事世人豈盡不平鳴百年短晷憑誰競萬古長天只自清廊廟江湖憂樂地知君無日不關情

送別湘皐雨正晴幾多車馬擁冠纓何時蘭渚壽鷗狎前日梧岡見鳳鳴我老頭童還齒豁君才玉潔更氷清一壺未盡蒲帆去草綠長江萬里情

五言絶

戒諭親王應制

宗社資屏藩分封殿一方勉旃忠與孝福祿自延長

旅舍 成化庚子

四壁是蛩聲秋窓一榻横虀鹽隨日過不敢謁公卿

秋江詞

秋江徹底清妾影水中生安得儂心好年年似水平

綠水曲

綠水漾清波波中有鯉魚鯉魚不似雁肯為帶儂書

長相思

曉夢迷關塞鶯聲傍鏡臺眼看春又莫猶未有書來

春閨詞

去年郎出塞庭前花半開今年花正好憐郎猶未回

秋閨詞

薄暮西風起庭前木葉飛開簾見新雁問郎何日歸

長門怨

稜稜霜滿天皎皎月如練纔聞歌吹聲又過昭陽殿

又

宮殿深秋夜笙歌勸酒頻天邊明月出偏照掌中人

春江曲

春江風浪平細雨多芳草夢隨歸雁飛片時千里道

古離別

逝水無回波人生能幾何如何百年裡長是別離多

午睡

一枕竹窓涼多謝薰風送何處午鐘聲驚破還家夢

山中春曉

春眠起較遲開戶聞啼鳥昨夜落花多莫遣兒童掃

曩于家食時嘗遊城西之湘山寺作數小詩今書以遺寺僧覺靜

孤塔望中青鐘聲隔烟樹朝暮見雲飛不見雲歸處寺有菴名雲歸

何處來笙竽風自松林過老禪寂無聞日午猶高卧

山色自古今鳥聲時上下我來豁塵襟恍疑在圖畫

杖藜叩禪扉來坐松下石囂寂已兩忘何苦分心迹

寄贈徐用思都閫有序

予友徐用思以帥閫奉命而南與予別餘一
年於今其自九江移守安慶亦且數月士夫
自南來者多能道其律已之嚴奉法之善顧
於事或不能無掣肘者予聞之因爲小詩十
章寄用思用以堅其所志庶幾無負乎夙昔
遠大之期云

詩每花間詠杯曾月下傾如何與君別又見歲華更

春乘潯陽潮秋看皖城月來往一舟輕君作長江客

長江風濤涌頃刻千萬狀入我眼界中胸懷皆滌蕩

千金買寶劍磨拭明秋霜誓以掃狗鼠歸來報君王

馬鳴風蕭蕭貔貅環虎帳指麾纔數言一軍皆挾纊
鼓角雜風聲旌旗明日色何處綠林中尚有橫行客
四郊壘漸稀功業無由見轅門練士歸讀古名將傳
食檗仍餐冰心不厭寒苦肯信世俗談今人不如古
嚴明彼所憚乃或伺我短此心益兢兢自能致高遠
君看他山石攻玉玉乃成安知讐我者不永我勳名

江上曲

江流萬里長月色千里遠情入竹枝多歌傳桃葉緩

寄大宗伯北潭先生附其姻王生以去

君纔別我去屈指又兩月人生百年中堪此幾回別

別君踰五旬一緘未曾寄不爲君姻歸安得此致意
西齋曾餞別不盡匆匆語今日憶別時忍聽西齋雨
君身如冥鴻久已層層上我心似弋人望望徒惆悵
君家郭外村日繞池邊樹對客每揮毫可有停雲句
北潭有別業在清苑郭外一二里許既謝事日必一往抵暮始歸率以爲常

蒲石

着石根雖淺東風吹便青捲簾新雨過春色滿堦庭

又蒲石二首

蓬門晝常闔一塵飛不到春從何處來石上生新草
石上草茸茸春風生意足緬懷濂溪翁典型猶在目

項德棻畫蘭二首

光風泛崇蘭馥馥香繞砌緬懷同心人臭味正相似

夙昔薰德馨不異入蘭室今日看畫圖令我長相憶

題扇面小景

朝看雲外山暮看雲中樹碧樹映青山雲來又雲去

前林雲似墨應是雨催詩久坐忘歸去非因得句遲

小童挾農書來傍老翁側校雨復商晴東阡更南陌

扶節頻到此看得綠陰成夜雨知多少溪頭新水生

看山

班行三十載幾度返湘川未遂投簪願看山意惘然

信筆書懷

堤柳多臨水園花半倚墻喬松誰種汝獨立傲冰霜

夜半臥不安枕借少陵客睡何曾着一句爲韵

賦絕句五首

林泉湘水西塵土燕臺北爲客苦思家在家還似客

塵務苦紛紜未飲心先醉誰似羲皇人一枕北窓睡

老隨年並至髩與髮俱皤衰病那能避閒愁可奈何

溪山幽勝地到處着枯藤石上鐫名姓來遊記我曾

買鐵跨數州難鑄從前錯不見奕棋人我已輸一着

遊龍隱巖有序

予既懇辭機務歸田里乃嘉靖四年乙酉冬十二月四日自白石先壠掃松還來遊玆巖時侍行者男詹事府主簿履坦明年十一月既望携坦及次男履仁外甥俞珍再遊漫筆書五小詩刻岩石上

羅水繞岩前，西來却東去。從古至如今，晝夜流不住。

謝却軟紅塵，踏此烟霞路。山靈莫笑人，我已來兩度。

年年拜先壠，路出石燕岡。不知咫尺地，幽境此中藏。石燕岡去岩僅數十步

幽勝在路傍，往來人不識。牧叟與樵夫，眠坐如袵席。

樵牧日在山可識山中趣欲覔塵外蹤往哉隨杖屨

送華太守入覲

吾桂林太守古鄞華侯之述職而北也舟過湘江累辱枉顧意甚勤厚於其行也病不能送作小詩五章以代里巷之歌謠云

杜若生芳洲水漲湘江碧蒲帆趁輕颸君作朝天客

儒術飾吏事不腐亦不隨敢謂莅我者於我不見知

鞭箠常不施強梗皆歸化帶牛佩犢人田疇力耕稼

郡堂日坐嘯詎可廢吟詩崖鑱更碑刻山巔還水涯

我病不出門未舉餞行酒留君君莫留放歌田白首

壽可常六十一歲

寻從姊之夫鄧君可常今年六十有一十月二十又七日其生辰也仲子執中領薦上春官謁告歸省於其行也作小詩十二章壽之君名經世居吾全昇平鄉之矮嶺山水環抱其新居尤爲幽勝平生好象戲因取橘中之樂不減商山之說自號橘亭遂以扁其所居蓋君之爲人雖樸茂不華而趣向清雅有足多者然則寻之詩以壽君也豈特葭莩之義而已哉

橋亭亭下路我憶舊曾遊不見庭中叟如今又幾秋
涼飈吹庭菊一夜花開遍香泛九霞觴日日長生宴
燕飲日盡歡親朋來遠近歌舞管絃中不醉君休問
叟今亦何壯髩髮黑如漆見貌不知年誰信六十一
世德叟尤惇婣族疇能比五子又八孫天固報之矣
子多皆克肖仲爲觀國賓餘亦崇禮讓鄉里稱善人
叟嘗有義舉頭已戴烏紗何時因子貴封誥出天家
叟之賢伉儷謂我爲從弟相別亦多年動履今何似
同德更同壽如金母木公南極聯寶婺祥光燭晴空
青山對層樓門外有綽楔喬木似畫圖人云叟新宅

仲子將歸覲過我索壽詩我亦舊有約欲致須禱詞公務日匆匆塵埃常滿腹搦管僅成篇安得南飛曲

送陳宋卿

順德陳推官宋卿予先妻贈一品夫人從兄同知思明府事仲和子也自幼穎異不凡好古篤學至忘寢食第進士官汝寧卓有政譽以母憂服闋改官順德於其赴任也作小詩七章送之

朝與親舊辭暮與親舊別歲歲復年年雙鬢能不白我鬢不再黒子行今若何悠悠千里道夫渉古漳河

予背筴仕初名已首薦剡閱歷今益多事寧避艱險
食檗腸不苦啜氷齒尤堅日夕訟堂上罰惟用蒲鞭
訟或少未平夜眠肯安枕手持甫刑篇念念務精審
此語非孟浪一一子能行不見淮西路多年馳頌聲
功名自有分時來恐難免職業在愼修去去宜加勉

湖山秋曉

翠岫曉雲横湖光一鏡明林間有紅葉萬壑總秋聲

題虎溪三笑圖

尋常過溪號今日過溪笑此意竟誰傳莫向旁人道

漫吟

一身渾是病，百念祇思歸。豈合登綸閣，惟應老釣磯。

重刻蔣文定公湘臯集卷之三十六終

一園俞當譪校字

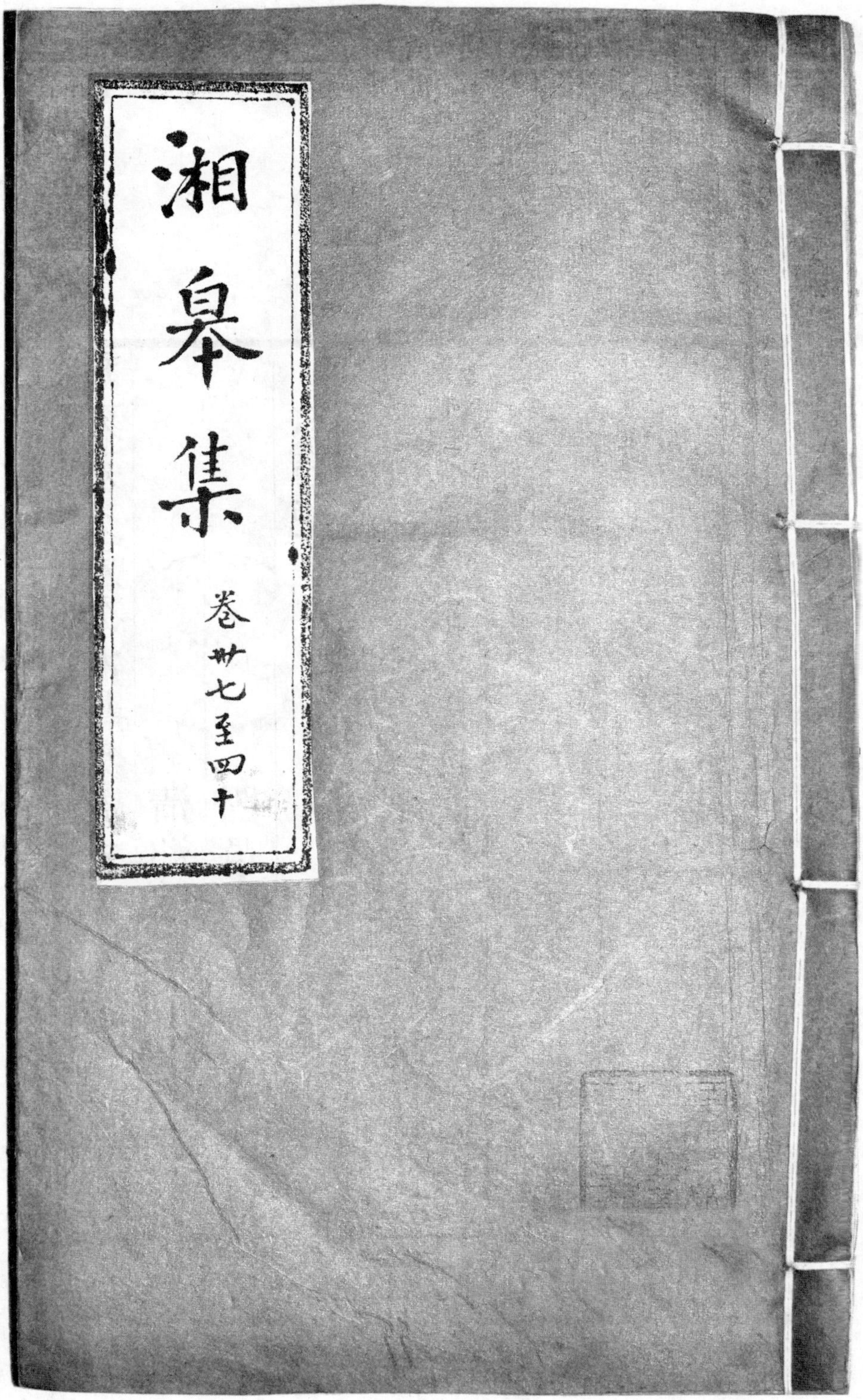
湘皋集
卷卅七至四十

重刻蔣文定公湘皐集卷之三十七

清湘後學俞廷舉重編

闔邑紳士　同刊

六言絶

暮春

細柳池臺鶯語落花庭院人閒客夢不知遠近片時千里江山

初夏

處處薰風麗日人人小扇輕衫旅舍三年冀北故園萬里江南

文淵閣前瑞蓮有序

今上以正德十六年四月二十二日登極其
時西湖南海蓮花皆未發而閣前盆池一花
特出天產奇瑞以應昌期誠非偶然之故也
晃幸隨諸老後觀翫移晷歎羨不足頌以小
詩

聖主飛龍御極普天玉燭春臺植物應期呈瑞紅蓮
一朶先開
萬歲山前靈沼水面蓮皆未花閣下盆池雖小一枝
特出奇葩

病中粉蓮實和粥啜罷漫書

蓮粉細調晨粥豆羹徐辦朝餐欲遣一身康濟衰年
也覺艱難

盆池蓮已結實白石藥亦成尤滋味何妨長淡身心
幸得粗安

厚味由來腊毒羸財每見胎殃但得平平過日不妨
淡薄荒涼

病愈書事

爨婢熟知藥候耕童解寫醫書棊戲巧鍼我痼山光
清映吾廬

拜柳山先壠後坐率性堂志感

五十年前此地先君携我登臨今日重來感慟繞墳松檜成林

昔我先君葬日四山風雨淒迷徹夜燐光遍地不分遠近高低我先君葬柳山寸月亭右葬之夕大風雨不止自山麓至城北門外遍地皆燐其光熠熠然青也不知何異晃官春坊時嘗因郊齋宿東朝房偶與館長圭峯羅公談及圭峯謂其邑栢崖大宗伯先世葬其曾祖亦有此異益吉徵也

偶書

遍野桑麻綠暗連郵桃杏紅酣乍雨乍晴天氣春來春去湘南

山行

行行臨水看山往來竹下松間深林樵斧時響斜日漁舟獨還

七言絕

題扇二首

玉楮霜筠製作工置身長在廣寒宮何當爍石流金日四海人人共此風

炎官火繖正高張執熱誰人不願涼一握春風出懷袖碧天寒露沁衣裳

九日偶書

不用登高學少年繞籬吟翫亦欣然貧家莫道渾無
物萬箇金錢在眼前

題畫桃桃邊有竹數竿又有鳥集於桃上

扁舟來訪武陵春兩岸紅霞夾翠雲斜日半山迷去
路數聲啼鳥隔花聞

東風庭院夕陽斜靜對踈篁玩物華忽見夭桃笑相
向始知春色到寒家

壽人父

老去身閒心亦閒青銅不改舊時顏傍人借問翁年
紀笑指蒼蒼萬仞山

手種芝蘭已作行叢邊日日醉瑶觴恠來花氣薫人目都帶天家雨露香

春和堂

傳來仁術一何精半七能令死復生好似春風扇和氣應時枯槁即敷榮

滿腔都是發生仁生意津津總是春好展大方醫國手普施良劑壽斯民

學得岐黄術最工襟懷老去益冲融堂前多少求方者盡在春風和氣中

煦煦襟懷最可親盎然生意藹陽春幾回坐我光風

裏陡覺沉痾去此身

淵明對菊圖

司馬江山已屬劉區區五斗肯淹留莫嗔貧到瓶無粟尚有黃花對酒甌

畫馬

千金駿骨本空群一入天閑更絶塵元狩樂歌今不作松陰空老渥洼身

來如奔電去如風百萬駑駘一洗空誰遣時清烽燧熄朝朝覊束柳陰中

題畫雀

九重天子厭奇祥不敢營巢寢殿旁野鳥群中叢竹上任渠棲止任飛翔

讀名臣言行錄漫筆

買得嬌姬便買棺賜金莫怨主恩寬花籃尺箒吾安用郤問前時直省官

邨田圖雜詠

耕織樵漁處處同四時歌舞樂年豐太平風景知何在只在邨田笑語中

夫耕妻餉不辭勞農務撩人暮又朝纔幸秋成飽餐飯里胥且莫急征苗

禾始登場已苦饑衆雛枵腹坐茅茨嗷嗷直到春深日始是扶犂破塊時

茅舍新蠶作繭遲鄰家桑柘盡空枝持筐欲問街頭賣更恐豪門索舊絲

郵田景四首

圈豕登盤酒滿壺高臺紅燭瑞烟敷里巫唱罷攔門曲新婦升堂拜舅姑

牛壠山妻擔餉榼蠶門村女踏繅車秋成香稻輸官庾春半新絲入富家

車載肩擔忙許久子無顆粒負公私開場看處空鄰

曲始是田家快活時

白酒新篘拉里閭杯盤草草話耕鋤莫辭爛醉茅簷下門外無人問索租

畫雙蝶趁朱櫻花有鳥鳴於花上

紅櫻桃下整烏雲春色枝頭有幾分欲寫芳情寄雙蝶數聲巧語隔花聞

合歡枝上鳥聲頻粉拍雙雙巧鬬春鬢亂釵橫眠不着綠總知有斷腸人

畫牛

春風芳草碧芊芊耕遍東郊萬頃田不用黃金絡頭

上水邊林下自悠然

不寐有感

凉風撼樹不停聲枕上愁人夢屢驚不是通宵強排遣髩毛白却幾多莖

題畫四首

溪山無處不春風遠近樓臺紫翠中遊客自來還自去落花偏襯馬蹄紅

當暑松陰轉午凉水邊亭榭日方長南薰正與虞韶協吹得荷花滿座香

湖上青山山上樓四時瀟灑更宜秋凉飈不爲長橋

隔一派笙歌度綵舟

前峰後嶂雪漫漫畫閣幽人正倚闌借問舟中并馬
上朝來何處較清寒

題畫

隔岸峯巒紫翠橫烟波江上一舟輕相逢且就沙頭
住共聽風聲與水聲

送馮邦彥赴封川訓導

黃金臺下說封川水宿山行路幾千却去吾湘殊不
遠輕舟迎養想欣然

萬桂堂東積善門為儒今日荷君恩白頭老父知無

恙應爲花前倒酒尊吾全庠在宋有萬桂堂邦彥所居在堂舊基東數十步

雨後官河新水生北舟南去片帆輕同行况有吾兄在一路看山到舊京

元夕應制

蓬山矗矗枕仙鰲五色雲中紫極高明月似能知聖意清光偏照赭黃袍

輦路塵生香不斷燈樓樂奏月初圓太平時節風光好烟火今年勝去年

元宵應制

千頃玻瓈五色光鳳簫吹月夜蒼蒼教坊齊奏昇平

曲來獻君王萬壽觴

琪樹連枝繞翠華蓬萊宮闕五雲賒吾君心似光明燭照到尋常百姓家

東風又送踏歌聲到處欣欣樂太平誰向春臺調玉燭陰崖寒谷也光明

星毬錯落彩雲端鼉鼓喧喧衆樂攢宣喚教坊須盡技君王欲奉兩宮歡

火樹銀花徹夜明金吾元不禁人行尋常巷陌皆車馬滿耳豐年笑語聲

六鰲海上戴神山一夜移來虎豹關誰道群仙由幻

出燈前一解悅天顏

節到元宵淑景和燈光更比月明多吾皇欲與民同樂徧愛閭閻有笑歌

郵市

濛濛細雨濕荷花宿買來遲不飲茶細袖頻翻雲髻亂尊前一曲是琵琶

旗亭

旗亭路繞綠楊邊酒熟長招賈客船日晚登樓望江上帆檣次第到門前

春日與友人郊遊

雪消風暖馬蹄輕春入郊原草遍生擾擾軟紅塵土裏幾人能解此閒行

將北上留題湘皋别業

幾年杖屨草萊間不謂匆匆别故山灘北湘南春草遍鷓鴣啼處雨斑斑

登湘山寺古塔漫題

輕煙漠漠草茸茸峭壁懸崖一逕通日暮東風春雨細奇花猶發舊年叢

題湘山僧舍壁

柴扉無事晝長扃老衲焚香獨誦經入定浹旬纔出

定不知芳草滿前庭

暑中偶過僧舍後土山納凉

積土山頭偶一過薰風生處綠陰多塵中忽見湘南景欲解朝衣掛薜蘿

塞上曲

一劍曾當百萬兵陰山瀚海任縱横射鵰手在眞無敵莫向匈奴道姓名

出城西送客漫題

塼出西城又向西人家盡處有招提綠陰不隔紅塵路時見行人駐馬蹄

遼菴先生以鴈雛天鵞奉涯翁先生有詩次韵

煙汀露渚泿謀生白葦黄蘆寄短翎不是弋人能網致何緣棲止相公庭

駕鵝本自雪中生點墨何曾涴玉翎野圃春來暫棲息終隨儀鳳到虞庭

雪翅霜毛漸養成飛來何日自龍城上林鵷鷺方求侶會向煙霄一字行

春北秋南本性成煙雲爲屋水爲城野田在在饒秔稻肯向虞羅險處行

送唐楷還灌陽

釋之黃霸漢名賢功業千秋照簡編誰信當時初入仕也將金穀去輸邊（楷以輸粟入太學）

蒸衡江上憶聯舟多少風濤入壯遊直到新河始分手幾宵清話浣離憂（三四年前楷與予聯舟北上）

羨子南歸灌水陽歸時爲我問清湘江皋花竹知無恙應待懸車理釣航

東渡湘江半日程有郵昭義最知名君家占斷村中勝山似屏風水似城（昭義在灌水西湘水東唐氏世居於此）

遊山寺

病餘長與俗多違策杖頻來扣竹扉行遍空林僧不

見庭前惟有白雲飛

海棠小畫爲應城蹤司訓公鼎題

濯錦江頭千萬枝春來風雨競開時少陵不爲慈親

諱肯向花前恪一詩

誰遣朱唇得酒來迎風着雨總奇哉唐家妃子心偏

妒莫向華清苑裏開

又題畫海棠

朱唇得酒暈生肌林薄煙凝曙色遲好似太眞初浴

罷沈香亭北倚闌時

次邃菴先生待隱園詩韵二首

古槐陰下坐移時天外凉生一葉知誰遣林塘有緑竹殘蟬正抱最高枝

水邊亭館竹邊臺常有清尊對客開簷外忽驚梅索笑却疑春色坐中來

齋夜漫吟

去年精力減前年情到今年倍颯然人世能爲幾時客篝燈猶自理遺編

齋夜枕上漫吟

寒戀衾裯夢未成呼童推戶看陰晴一庭風露清如洗月過松梢夜四更

送太學生陳尊卿還湘中

尊卿故都憲仲華先生之冢嗣子亡妻宜人之姪也

北來未久遽南歸，一騎霜前去似飛。年少功名期遠到，春風莫戀故山薇。

天馬文高楚國儒，安堂心似董江都。等閑詞藻皆傳世，借問人家有此無。尊卿七世族祖諱泰，字志同，在元延祐初科以賦天馬有聲荆楚間。其六世祖蜀府長史諱光裕，字南賓，以字行，別號安老堂，在國初爲名儒，皆有詩文梓行於世。

都臺威望說而翁，會按川西又陝東。一別那知生死隔，秖留名姓誦兒童。尊卿之先尊甫爲御史時，嘗先後按治川陝，所至皆風采凜然。

湘羅碧繞二妃祠雙塚峩峩傍水湄姻舊平生情不淺何時爲草麗牲碑尊卿之二親葬二妃祠傍湘羅二水寔會於其下

我亡妻是汝家姑識度人稱女丈夫合卺十年無限恨身前身後失三雛

少日空傳玉鏡臺中年無奈鼓盆哀君歸爲問雙龍井麥飯何人塚上來雙井頭山名在吾全城西予亡妻宜人葬處也宜人之從兄少司空節齋先生嘗易其名爲雙龍井

二十年前痛喪明吾妻病裏亦吞聲如今猶子將來繼應慰惓惓地下情予娶宜人生三子宜人既卒予又生三子皆無一有者今予年逾五十始得請於伯兄方伯梅軒先生而以第三姪履坦來爲之繼宜人存日惓惓於予之嗣續今聞此

當必爲予𩐊然不患於他日奉祀之無其人
矣又履垣婿於陳氏於尊卿爲再從女弟云
庭外秋風一夜生因君歸去不勝情故園松菊猶存
否鴻鴈來時好寄聲

送彭美中赴浦城令

東莞彭美中以進士拜浦城令浦城眞西山
先生父母邦也予喜其得大賢過化之地知
其政必易行而化必易施也作小詩三章送
之

宰邑誰居道義鄉閭閻絃誦日洋洋蒲鞭雖設渾無
用秖好鳴琴不下堂

西山諭屬有嘉言三百年來海內傳今日身臨桑梓地肯教勲蹟愧前賢

拱極堂開縣治東一時衿佩盛闈中彬彬才俊今猶古誰繼先生振作功堂在西山精舍中先生講學處也

送陳指揮歸揚州

玉節牙璋出紫宸黃金橫帶照青春杜陵有何人爭道淮海維楊一俊人

奕葉簪纓世澤長清時踵武謁明光煌煌晝錦還鄉日衣上朝來有御香

潞河河上買歸舟一夜西風錦樹秋橫槊賦詩君莫

問且來祖道看吳鈎

軀幹堂堂膽氣豪承恩新着錦宮袍太平時世休忘戰夜夜燈前講六韜

聖主攘夷重武功廣懸名爵待豪雄眼前英槩如君少行見鵬摶九萬風

宅近平山景最幽庭前花竹四時秋交游大半東南彥日日延賓上畫樓

題菊花猫犬

黄花香散晚風前未見陶翁已可憐猫犬相看俱適意眼中何物不欣然

狸奴來傍菊花前自在猧兒怪石邊憑仗丹青模寫
出鳶魚何處覓天淵

漫興二首

玉堂天上近台垣未報涓埃愧聖恩不日衣冠掛神
武湘南歸老水雲鄉

未歸日日理歸裝到得歸時便不忙數畝荒田湘水
上幾年粳稻入秋香

過安山懷司空宋公

河自安山一派通百年疏濬宋司空當時蓑笠尋源
處猶在郵翁指顧中

公署齋宿次石樓學士韻

幾日齋居不下堂忽驚時序變炎涼眼前多少閒花草秪有紅葵獨向陽

堂前栽栢後栽花朝有鶯啼暮有鴉風景撩人吟不得好詩都屬大方家

幾夕高談共一堂坐令心境自清涼有時話到床頭易妙處分明見紫陽

今日花猶昨日花鏡中那復鬢如鴉君恩未報身多病百事無能但憶家

詔修武宗皇帝實録承勅以臣冕爲總裁官詩

以識愧

昭代編摩史局開史官鱗萃總奇才馬遷義例曾知否也向黄扉作總裁

得謝志喜

黄閣崇嚴切紫清非才寧不戀恩榮秪緣蹇拙兼衰病自合山林老此生

偶感

萬里關山路渺茫年年佳節在他鄉催成兩鬢如霜雪半是晨風半夕陽

竹石

不須種種譜宣和一片春雲亦自多誰遣此君相伴
住翻枝常入楚人歌

不見網船出太湖渭川千畝亦荒蕪兩藂綠嫩一卷
好却愛相隨入畫圖

家住瀟湘近鬱林幽篁怪石滿江濱而今江北看圖
畫貌得依稀已可人

漫吟

夢醒書齋月欲斜瞢騰病眼半昏花長安第一樓頭
客獨向西風苦憶家涯翁詩謂晃所居樓爲長安第一樓

巳卯元日與姪壻舉人唐鈺姪宫生履長小飲

得詩十首飲散又得三首通錄以寄兄長梅軒司徒先生寓萬里惓惓之意

吾兄秋盡過長沙十月中旬已到家此日族姻同燕會語邊應是說京華

吾兄舊歲進香來我病經旬不下堦今日姪姻同飲酒吾兄却又在天涯

我從京國憶吾全南北相望路七千安得此身生羽翼弟兄談笑一尊前

今日我兄開七袠我年亦已五十七聖恩儻許並懸車杖屨相從樂泉石

吾年老矣况吾兄今日歸榮可得榮遥想董家村北路西風何地不傷情董家村亡姪履端葬處也

吾兄得告展先塋馳驛西歸荷寵榮却爲姪亡歸去葬感懷應有淚沾纓

吾兄三子長先亡季也多時在我旁惟有中男新補廕衣冠早晩沐恩光

第三姪繼吾之後此是仁兄莫大恩宦邸病多歸却健幾時新婦得生孫

朝罷歸來斷往還當家草草具杯盤酒邊無限鴒原意百過談之語未闌

吾兄晩歲倍精神飲噉年來亦過人不恨屠蘇遲到
手也應多舉兩三巡

今年今日在黃扉明歲湘江坐釣磯若使此情能卽
遂錦衣何必勝荷衣

酒醒還醉醉還醒淺酌燈前手不停豈是我心耽麯
蘖爲欣蘭玉長堦庭

連日嚴寒異往時老夫病骨最先知東風一見新春
面和氣融融溢酒巵

重刻蔣文定公湘皐集卷之三十七終

一圍俞當薦校字

重刻蔣文定公湘臯集卷之三十八

清湘後學俞廷舉重編
闔邑紳士　同刊

七言絶

貽簡汝欽詩六首有序

馬平簡汝欽以名進士官州縣欝欝不得志者十年頃予過維揚汝欽謂其先經歷公於予爲同年友也自泰州以父執禮來見予喜其文才政蹟有足多者故既奬進之且復箴警之以自附於君子愛人以德之義汝欽得

無異吾言乎

而翁鄉薦我同年小試闈藩譽競傳宰木可堪今合抱存亡感慨一淒然

謫宦南來又幾秋海邦凋瘵不勝憂相逢客路無他語說澇談荒淚欲流

一夜拏舟自海濵曉來相見益情親病中因說吾民病疢痛須如在我身

仕途隨處任迍邅啜菽餐冰志益堅聞道政餘還苦學夜牕幾度絕韋編

聯翁當日簿崇安禮數何曾忤上官高士有軒軒有

記請君時向靜中看

氣岸由來害不輕幾人從此誤平生莫誇政事兼文學第一先須要近情

武城

幾度扁舟過武城絃歌終日不聞聲割鷄誰借牛刀用欲起鄉賢問滅明

江行雜書自儀眞往南京作

江神何惜片帆風遲我官舟半日東扈從久慙多病客不教隨衆謁行宮

長江臘盡雨濛濛和氣渾如二月中可是翠華昨過

此未春先已放春風

神龍蟠處是鍾山，瑞靄氤氳紫翠間。此日文孫謁陵下，飄飄仙馭九天還。

江上潮來水自平，溯流亦似順流行。櫓聲咿啞黃蘆岸，萬頃澄波一鏡明。風靜水平，近岸溯流亦可用櫓。僕往來長江屢矣，而今始見之，亦一快也。

大兄得告展先塋，新自吾鄉抵舊京。久別懸懸思見面，見時應更不勝情。

我隨仙蹕到江干，病後誰憐拜起難。強欲明朝謁行殿，衣冠塵土也須彈。

不到留都已十年長江流水故依然江流見我前時面可道衰容亦似前

金陵在望已多時底事舟行到轉遲心縱奔忙身不進任渠勞力亦何爲

寄唐大紳 有序

予初遊郡庠時與陳君君錫唐君大紳數往來君錫家近栢觀大紳世居豆灘而寓舍在郡城東門内咫尺予家故予三人暇日得以從容晤語於其間後君錫登宏治庚戌進士第未仕而卒大紳以貢士官郴州之來賓縣

學訓導數歲致其事而歸獨予竊祿逾涯乞休未遂今扈從南來留滯舊都偶與鄉人談及大紳閫其仕雖不得意而知時識變勇於求退精力强健放情山水間心甚適也因漫筆書小詩三章寄之予且北上當懇懇祈恩萬一得賜骸骨歸湘中與大紳輩指某邱某水以尋舊遊之處盖將有日君錫有弟曰君重今亦以汀州通守家居大紳其以予言告之君重亦未必不以爲然也

湘水門東栢觀中髫年來往幾人同眼前久已無陳

子謂君錫進士也我與君今亦老翁建水南邊是豆灘君家占斷好峯巒十年不遇雙魚便一字無因得問安

我寓金陵偶憶君打窗風雨不堪聞清時未遂投簪願回首湘南是白雲

寄舅氏陳翁以照有序

予舅氏陳公以照在宏治中兩自通海來視予於京師既而南歸以恩例授冠帶家有樓日以樽俎娛客搢紳士大夫往往樂與之遊清談雅歌不知夕陽之在山也今年六十有

三康强無恙朝夕惟以課孫讀書爲事每歲春秋有司舉行鄉飲輒以賓禮禮之蓋人無戚疏無不喜親之者性尤篤於宗族外至姻舊亦無不厚去年特遣其子惠往吾全致書于大兄司徒梅軒先生於先父尙書先母夫人冢敬致奠焉而於先母郭夫人舊冢之在河西者歲時省視尤謹蓋其存心之厚如此于甚嘉之故因惠之自南都歸通海也詩以寄之詩凡九首於舅家外河西事獨詳蓋先父舊任民有尸而祝之之義于又生於其地

且密邇于母家于之心實惓惓於此焉而不
能忘也

舅氏當年別帝京匆匆不盡渭陽情秣陵欲寄滇中
信借問關山幾十程

曾隨驛騎聽朝鵶萬里歸來鬢未華羸得琴樽樂簪
組酒酣長是岸烏紗

通海城西我母家少曾騎竹看庭花依稀記得門前
路流水垂楊可蔭車

城南聞道有新居可似城西水滿渠屋後有樓高數
仞連墻插架古人書

奕葉彎弧事六韜直期破虜擁旌旄如今又有賢孫
子却把詩書茵俊髦
人言我父令河西德政純誠與古齊數十餘年如一
日口碑今尚在遺黎
河西是我父桐鄉母柩曾藴古寺傍五十年前已歸
葬祠亭松檜尚蒼蒼
我生河西六七年始隨先父還湘川此中亦是桑梓
地每望南雲獨悵然
先壠澆松未有期十年長繫夢中思豈知萬里滇南
客却向春風奠酒巵

王封君東歸吳中展墓卷

予既爲王封君題靜省卷君復出此卷索題予重君水木本源之思老而尤切也作二小詩書於卷尾

無數松楸蔭古墳穹碑荒蘚鎖寒雲鳳臺高處頻東望幾度朝暉與夕曛

祖壠睽違幾十年秋霜春雨每潸然澆松事了忙廻棹慈母高堂雪滿巔

畫梅

溪流滿淺月朦朧踈影橫斜夜未中不識花神何處

在暗香隨路逐微風

淡煙籠月照寒流拂拂幽香水面浮借問孤山林處士幾年曾此豁吟眸　右水月梅

開遍梅花野水濆高標長日自芳芬不緣谷口清風過縱有幽香那得聞

風從谷口過來香知是寒梅已吐芳村逕雪晴泥不滑誰能花下醉壺觴　右谷口清風

牡丹黒兎

搗藥蟾宮夜半歸香塵和露點緇衣朝來姚魏花前過春色無邊上翠微

衣褐中山是幾時問渠雙眼可迷離春來百寶闌邊
過爲愛天香去故遲

蘆鴈

紫塞先秋巳有霜暫來棲息水雲鄉北歸只待春前
後可是區區戀稻粱

春林聚禽

春林無樹不融融嫩葉新花綠映紅多少幽禽枝上
下雙雙相對語東風

野塘秋景

蒹葭籠霧晚蒼蒼柳岸蘋洲半夕陽沙鳥也能知節

令群然來此看秋光

畫竹四首

淇上春風碧玉林焌雲一夜結輕陰煙稍霧葉新經雨添得娟娟翠色深　右春雨

森森寒玉舞西風一派秋聲落半空疑是湘靈雲外過鳳簫吹向月明中　右清風

翠鳳朝陽振羽翰幾回披腹獻琅玕簫韶已向虞廷奏共閱冰霜保歲寒　右老節

新篁解籜未多時嫩綠纔鋪色半滋可是天生貞性在凛然已有傲霜姿　右嫩綠

卧病口占二首

身世從天分付來底須着意苦安排烏鳶螻蟻今何擇隨處携壺且放懷

七里橋邊一片山峰巒拱揖水廻環身如蠶老將成繭且復優游未繭間予近日爲先妻陳夫人卜葬於七里橋北期他日同藏於此

述懷三首

郊遊南北倏經旬不在山巔在水濱雖是歸來有微疾幾多泉石助精神

作夢人間六十三一朝卧病寄斯菴靜中點撿平生事俯仰寧能百不慙

老去看山眼不昏林巒奇特況家園連朝竹杖芒鞋
路涓滴誰非聖主恩

瓶中插梅花偶書

連宵風雨懶冠巾寂寂菴居卧病身忽見窗前有生
意膽瓶分得一枝春

野外見梅數株欣然有作

三里橋西一逕斜蕭然籬落野人家我來欲覓先春
物看遍庭前幾樹花

偶憶舊奉綸音感而書此

憶着君恩兩淚流儼如便殿對宸旒山中老去無他

祝惟願鴻圖億萬秋

山行口占

半世紅塵擾擾間聖恩容我老來閒一棱竹杖雙芒屩管領吾湘處處山

煙霞成癖未能醫到處青山似故知兩眼未枯雙脚健一廻登眺一吟詩

書懷兼呈兄長梅軒翁三首

大兄前歲炳先幾我亦追隨解組歸兩度璽書榮故里殊恩如此古來稀

誰能全節更完名聖代尚書我老兄懇懇連章求歸

事玉音特爲表平生

湘城東畔合江門中有先人舊屋存兄弟連墻營一室共將耕鑿報君恩

雪中賞梅

高標不受俗塵侵暗暗香飄野水潯雪後一寒清澈骨花應許我是知心

述懷

家住三江合處門居雖城市類鄉村弟兄先後歸田里一飯寧忘聖主恩

大兄先我兩年歸何幸追隨願不違昨日匆原陪杖

屢錦衣不着着荷衣

送張君歸泰安三首

泰安張君演爲郡牧於吾全甚有政譽今年春偶以讒去官士民多爲君不平者予因述輿情作小詩三章送之

幾載閭閻頌政聲秋風歸去片帆輕江頭卧轍人多少在處相逢歎不平

餞別秋江酒一巵去官還似到官時甩褫藏得湘皋笋歸向高堂奉母慈

塵務從今了不干茹荄一榻也身安功名本是無憑

事公論誰云不在官

送范司務北還四首　有序

工部司務寧陵范君廷儀奉命治先妻葬事來吾全未能數日又將有豐城浮梁之行冕臥疾荒城閉門待盡感念聖恩無以爲報且多君驅馳公務不憚賢勞也於其別勉成小詩四章送之

詔使遠從天上至舉家存歿感皇恩未能半月荒山住風雨湘臯又北轅

兩歲奔馳冒雪霜江西吳下又清湘名山勝水經遊

徧多少新詩入錦囊
遠從沐洛到瀟湘南北關山萬里長王事有程誰敢
緩使軺莫怪往來忙
卧病山中歲屢更藥爐朝夕了殘生不緣旌節歸朝
去餞別誰能近郭行

首夏即事
瀟洒芸牕萬慮忘爐烟裊裊散清香手披一卷羲文
易喜得閒中歲月長
門外紅塵十丈深披衣清坐晝沉沉牕前忽見葵傾
日解得忠臣愛國心

江上漫興次韻

煙纜雲檣趁晩潮櫓聲揺月破銀濤江山到處堪乘興把筆題詩酒半消

舟抵儀眞江口阻風

江上青山宿雨晴江頭芳草伴愁生經旬羅四橋邊住慣聽風濤徹夜聲

十日五日煙波中扁舟獨阻秋江風悠然笑傲蓬牕下滿眼青山看不窮

題山川樓閣畫

高下樓臺遠近山畫橋横卧水雲間紅塵不到煙霞

路祇許群仙日往還

雲軿隨鶴下瑤臺羽葆繽紛綵扇開一曲霓裳明月夜樓船何必訪蓬萊

四面雲山錦繡圍金銀樓閣敞朱扉畫船載得春多少却向中流自在歸

澄波千頃一橋横畫棟朱甍照眼明盡日春風吹不斷綵雲飛遶鳳簫聲

濟險次韻

宦海迷茫自古然滄桑變態却虛傳憑君莫忘臨深意留駕他時濟險船

正德戊寅伯兄梅軒先生進香來自南都以五月望日入城及事竣而歸以六月十日出城冕方卧病不能迎去不能送因口占二詩錄以馳獻

公館詩來字字清只將詩論亦宜兄想當抵掌高吟處一路青山也笑迎

白頭弟見白頭兄病起纔能下榻迎相見幾朝俄又别别來倏已兩三程

楚醫有託姻家求詩者書此遺之

讀書不見杏園春賣藥來居楚水濱午夜挑燈閒剔

壺一簾疎雨落花新。

醫國才高老一邱聊從花草記春秋滿林紅雨東風軟一醉能消萬古愁。

舟中漫書

舟過長灘復短灘鄱湖北望尚漫漫夜來一覺湘江夢開遍黃花未倚闌

雲海茫茫湧雪濤長空千里一秋毫望來咫尺不相見孤負蒼厓萬仞高

舟過蘄州北阻風蘭谿拜吳甘將軍祠墓口占三首

一死無慚義烈名凜然千載氣如生至今捲雪樓前
水猶作當年鼓吹聲

重疊青山鎖暮雲馬蹄旋處自成墳區區宋叟何為
者附驥能令百代聞

解使孫吳鼎足安何人勳烈照江干甘寧助肅擒黃
祖黃蓋忠瑜走阿瞞

訓導胡侍南溪心隱卷

身方筮仕心先隱夢寐南溪煙水中日夕泮芹池上
下飽看山月聽松風

家在南溪天一方宦遊却寓水雲鄉欲尋沂上風雩

樂鼓瑟何如點也狂

心無仕隱欲長存一息常防萬馬奔莫問谿山與平
地時時莊誦聖賢言

鍾馗騎牛吹笛圖

我愛終南山下士平生英憤氣桓桓想當吹笛騎牛
日厲鬼聞風膽亦寒

望君山

渚蘭汀芷入秋多望裏君山恰一螺欲問老髯求鐵
笛夜深吹徹洞庭波

胡氏留芝堂四首

太保大宗伯毘陵胡忠安公歷事六朝以碩德偉望聞天下眷遇之盛福履之隆本朝前輩未見其比家有瑞芝歷世寶藏惟謹予濫竽內閣公之孫光祿寺丞顒嘗筵屬誥勅房曾孫大理評事統又予主試應天禮部所取士皆相與甚久爰作小詩四章述其事因評事赴任南京書以寄光祿云

儀曹公署落成時燕寢分明產玉芝正遣禎祥表耆碩勳名終古日星垂

煌煌靈芝似截肪子孫相繼世珍藏德符應與三槐

類盛事同傳汗簡香

瓊芝無脛去還歸歷歲滋多益獻奇光祿纔登秘書閣廷評又已對龍墀

瑞芝誰置畫堂前三世相傳近百年珍重先公遺德在一回瞻玩一潸然

七絶集句

友人赴京與之酌別

黃鳥翩翩楊柳垂出門何處望京師一尊酒盡青山暮月落潮平是去時 高達夫 戴幼公 許渾 元微之

渺渺天涯君去時相留一醉本無期明朝又是孤舟

別相望長吟有所思　朱長通　戴幼公
竇遺直　柳子厚

相見時難別亦難舟船明日是長安勸君更盡一杯
酒北望長吟澧有蘭　李商隱　王以伯
王摩詰　劉禹錫

酌酒與君君自寬揺鞭休問路行難好携長策干時
去金玉松筠舊歲寒　王摩詰　王初
後二句俱譚用之

即事

乞得歸來自養身誰家池上又逢春兒童相見不相
識白髮如絲日日新　王仲初　張文昌
賀季眞　李商隱

風物淒淒宿雨收蒹葭楊柳似汀洲半醒半醉遊三
日上盡層城更上樓　韓君平　許用晦
杜牧之

夕陽惟見水東流身外無機任白頭世事茫茫難自
料且將身暫醉鄉遊　胡曾　韋莊　韋應物　薛逢
碧樹如烟覆晚波水流無限月明多春山處處行應
好世路無機奈爾何　趙承祐　劉夢得　張文昌　司空圖
應笑無成返薜蘿夕陽川上浩煙波輕舟短棹唱歌
去鴻鴈不來風雨多　譚用之　劉滄　李文山　趙承祐

五言排律

春郊雜興

自諳麋鹿性甘隱水雲鄉陶令五株柳豳人幾樹桑
雨慳催灌藥風煖看移秧耕罷簑方晒鋤來酒試嘗

沙晴鷗卧穩泥滑燕飛忙社散人歸晚前村已夕陽

夜坐

群動息已久蕭然忘世紛半窻秋色老幾度瑞烟芬
琴弄羈人操書翻古篆文旅懷燕市月鄉夢楚江雲
衣薄驚寒早燈殘過夜分一聲南去鴈此際最先聞

郊行

郊行逢故舊邀我到柴關緩踏溪邊路同登雨後山
竹泉烟冉冉稻壠水潺潺沙鷺飛仍下園蜂去復還
草間黄犢健天際白雲閒林壑誰高卧清風詎可攀

壽吳克温祖夫人

華旦逢三月修齡屆八旬康強稀世有福祿自天申
紫誥恩光渥斑衣拜舞頻鳳毛何楚楚麟趾更振振
老去忘光樂年來慶益臻冰霜堅節操玉雪瑩精神
㷴㷴顏如赭緜緜髩似銀翠袍霞作帔綺席錦爲茵
遐邇衣冠集鏗鏘鼓樂陳鶴觴時進酒鳩杖隱扶身
王母書傳鳥麻姑脯劈麟年年增壽算滄海幾揚塵

送朝士因公務便道省親

四牡勤王事三春出帝圻手持毛義檄身着老萊衣
御勅雙龍繞官舟一鷁飛詩書增世美簪組拜親闈
簷鵲迎門喜江魚入饌肥摩挲舊題柱山水有光輝

挽同年唐希說之母

閥閱家聲舊簪裾女德全閨門存典則環珮肅周旋
織室勤機杼先祠潔豆籩奉養親舉案好客每張筵
孟氏居三徙班姑誡一篇化漸麟趾厚慶毓鳳毛鮮
更擬膺多福那期隔九泉登堂空有約南望涕潸然

重刻蔣文定公湘皐集卷之三十八終

一園俞當藹校字

重刻蔣文定公湘臯集卷之三十九

清湘後學俞廷舉重編

闔邑紳士　同刊

聯句

齋所紙屏聯句五言石齋楊公有序

齋所者何詹事府直廬也其爲齋何大祀也聯句何賦紙屏也何賦乎紙屏直廬所有也所與賦者何編修羅君景鳴中允蔣君敬之靳君充道及予廷和也

中庭列素屏楊虛室白光射羅不知從何來蔣遠起

旁觀訝 靳 偶爾參於前瑩然淨如研 楊 眼花迷眾恩
神愕移太華 羅 骨格本木強 楊 色相謝圖畫 羅 衣被
剡溪藤 楊 體具萊夷柘 蔣 伊誰界方池何處覓孔錞
楊 贔屭牢支持 羅 彳亍絶倚藉壁立萬仞如 蔣 珍重
三峯亞 靳 碑無字群猜席爲門我差 羅 面面露風稜
蔣 皎皎逼月樹向背陰分陽顯晦晝與夜障寒皿神
功 靳 當暑失炎夏 楊 豈獨隔市[illegible] 靳 還宜入詩社一
成無磷緇三重有蘭麝 楊 稜自玉堂中近在金門下
地非處平夷 蔣 歲屢閱代謝 楊 匏繫分亦甘櫟全天
所貴 蔣 書字憶唐宗 靳 樹屏愧管覇 楊 鵠伏疑張侯

羅雀射懷卜嫁靳圍妓嗟彼昏羅呪石怪渠詐浯溪
且廢閣點蒼合報罷蔣水晶溷傳名靳雲母空多價
咸臨得奇觀楊白賁出[illegible]化靳寫以傲霜枝飾此待
漏舍蔣秖許陶翁憐寧遣杜陵詫楊畫松徒聞歌點
牛或遭罵靳颸風詎推移簷雲任陵跨蔣臥應傍筠
床愛欲覆錦帕靳錄舊凝著簪適用等璚斝鑒賞愜
冲襟拂拭會公暇楊運帚那敢揮解衣不忍架盜啅
烏暗驚誤觸吏交吒蔣官法足護持私家可貸借楊
維皇重郊禋大禮踰歲蜡靳鎮日對心齋偶坐悅情
話楊未去已流連重來肯相迓靳感激成篇章楊懷

抱盡傾瀉蔣　因思附約牖非敢爲談柄楊　願上忠諫圖稽首拜法駕蔣

正德壬申冬至謁陵與少宗伯礪菴先生偕行往還聯句共得八首七言

便覺風來拂面寒蔣　無邊野色共君看遠山留翠疑開晝毛　短日經簷訝轉丸竹葉有情能醉我蔣　梅花得句欲忘官石橋茅店斜陽外毛　徙倚移時欲去難蔣

一年兩度得山行毛　今日還如舊日晴沙路無風塵不起蔣　寒空有月魄初生停車欲問閭閻狀毛　助祭

期殫犬馬誠，正是遺弓長在念。蔣　六陵相望紫烟横
毛

郊原荒草未全枯，蔣　落日長風客思孤。又見一陽囬
宅內，毛　尚遲三白遍山隅。烟邨向晚牛羊下，蔣　松砌
經秋雨露濡。須識九重深孝念，毛　乘高何憚路崎嶇
蔣

吟對青山似有因，毛　山應笑我往來頻。春風前度纔
相別，蔣　老眼重看恐未眞。煙擁暮林歸宿鳥，毛　月穿
寒幕照行人。同遊幸托同年契，蔣　誼分偏憐晚更親
毛

六陵回首五雲中 蔣 星駕來遊兩日同曉動平蕪烟乍白 毛 霜經老樹葉全紅也知陽長關吾道 蔣 欲獻嵩呼到聖躬閱眺不知歸路遠 毛 盡將清興付詩筒

蔣

山城冷氣襲重裘 毛 一夜濃霜曉未收何處酒兵能却敵 蔣 昨來詩債已先酧斷橋水淺冰全結 毛 遠岫煙消翠欲流風景滿前吟不得 蔣 松林聊爲駐行騶

毛

僕夫催我上籃輿 蔣 剛報空林日午初風姤衣塵時拂拂 毛 霜凋木葉正疎疎山僧愛客供新茗 蔣 野鳥

驚人過故墟莫向輕陰愁暮色 毛 景當佳處且躊躇 蔣

小寺相留辦午炊 毛 笑談不覺出門遲好山歷歷如迎客 蔣 衰草離離欲待詩歸路到城纔十里 毛 大廷錫慶已多時無由虎拜鵷班下 蔣 共獻吾皇萬壽巵 毛

喜聞鑾御渡汾與石齋楊公厚齋粱公礪菴毛公聯句

喜聞鑾御渡汾陰 石 庭鵲飛鳴亦好音 厚 瑞雪一天清輦道 敬 春風千里動朝簪 礪 圜邱已有精誠洛 石

紫禁還應夙夜臨厚見說泰階先有兆敬紅雲長傍九重深礪

庭中殘雪

前月庭中雨雪兼厚玉堦初掃又重添石開簷但覺餘寒在敬煮茗誰知此味甜礪瓊屑未消猶可畫厚松梢和凍欲生髯石眼前物物皆增爽敬收入詩壇自不嫌礪

長至後寫懷

晴日偏於至後長敬已從寒沍見初陽礪愁懷欲共冰澌解石幽思聊因臘酒忘厚心在江湖還夢寐敬

堂廻星斗正蒼茫 礪 泰來只在經旬外 石 應鑒吾曹一瓣香 厚

閱吉士試卷二首

翰苑掄材有舊章 礪 遍披文卷見琳琅 厚 戰罷餘勇猶堪賈 石 淬罷奇鋒更有芒 敬 郤愛昌黎多古思 厚 要從伊洛泝遺芳 礪 譽髦重爲清時頌 石 莫遣君恩一飯忘 敬

招賢東閣又重開 石 披卷還欣得異才 礪 冀北故應饒騕褭 終南當復詠臺萊 厚 筆端造化誰能補 礪 天上雲機手自裁 石 莫騁空言忘寔用 虞廷方擬賛康

哉敬

讀劉須溪批點杜詩

後人嘗註古人詩厚還愛須溪註拾遺石風雅獨探千古意敬題評惟許寸心知礪欣然得意時拈筆厚觀者忘言亦解頤石欲問籓籬窺壼奧敬黃金端合鑄鍾期礪

聞漕舟阻凍有感

東南綱運有遺規石歲歲千艘到不遲厚國計固應多羨積礪今年何事獨愆期敬轉般亦是權宜策石通濟寧無大有時厚寄語行河諸使者礪莫辭勤苦

負恩私　敬

聞捕獲逸賊

虎兕方驚出柙中　敬　羽林今日已收功　礪　徼巡有道眞堪喜　厚　物色能知不待攻　石　儘散百金酬壯士　敬　相看一噱動群公　礪　秋曹無限忡忡意　厚　失在西隅得在東　石謂秋曹越獄東城捕之

觀諸生補緝秘閣舊書

漢家芸閣倚層霄　礪　四庫牙籤各自標　石　午夜燃藜來太乙　敬　千年汗簡識前朝　礪　校讐欲免陶陰誤　石　臚列當今日月昭　敬　從此奎垣瞻紫氣　礪　共將文思

頌唐堯 石

閣中端溪硯

百年佳硯出南陬 厚 帝澤沾涵掌故收 石 染翰朝朝書典册 敬 箋天往往贊謀猷 礪 中圜似玉寧非兆 厚 價重兼金可易酬 石 不比尋常陶頴類 敬 坡銘端勝石鄉侯 礪

明日除夕

臘盡明朝是歲除 石 寒隨殘雪去猶徐 敬 探春欲試椒盤頌 礪 候氣先看月令書 石 舊歷兩行仍在目 敬 新桃五色已懸閭 礪 莫教爆竹驚鄉夢 石 共待新陽

化日舒敬

新正喜晴

新春晴色滿皇都石人道風光近歲無敬萬物總含天雨露礪九重潛運帝鈞樞石漢庭寬大書方下敬堯典寅賓歷已符礪記得舊占多有驗石會看和氣藹寰區敬

閣中迎春花初開

導迎和氣此名花石端爲萸扉報歲華厚嫩蕋曉承仙露重敬暖香時逐瑞煙斜礪葉疎恰與梅同調石色正還疑菊一家敬占得上林春最早礪紫薇紅藥

不須誇石

礪齋宅上盆梅未開聯句催之

寒梅已過看花時石可是花神欲待詩枝上苦無殘雪在敬風前疑有暗香隨夢回湖水冰肌冷礪望入隴雲春信遲火速報渠連夜發石莫教明月負幽期敬

春後盆梅尚未開敬賞心無賴著詩催巡簷欲待開時笑石踏雪還應特地來煖入凍痕香正滿礪風傳花信夢初回吟邊無限孤山意敬坐到參橫閣酒盃石

移得江南一段春礪歲寒心事正相親未論東閣他時興石先寫西湖舊日眞煖到新稍知尙淺敬月涵疎影訝初勻小亭藉汝還增重礪來往風簷日幾巡石

蓮花初開

黃閣前頭君子花石薰風已放兩三葩蕋初出水偏宜日敬色似凝朱欲鬬霞香滿露盤霄漢近石根傳玉井道途賒碧筩吸酒君休問敬雲錦文章想大家石

中秋日閣中閒述

一年風物又中秋石閒坐黄扉且唱酬月色定知今夜好敬天心不著片雲浮清樽無分緣多病礪勝賞何人得自由欲挽銀河洗兵甲石捷書早晚達宸旒敬

秋海棠

幽花灼爍映秋陽敬也向名園號海棠雲浥冶容紅帶暈礪粟堆輕縷蕋同香駢枝散出如勾股石密葉低垂敢抗行可似朱唇仍翠袖敬千年彩筆重揄揚礪

迎春花嘉靖初元石齋礪菴二公與湖東費公

及晃聯句

迎春郤訝見花遲 宏 春半纔開一兩枝煖入仙葩黃尙淺 紀 東回枯枿翠相欹官梅借臘勻疎瓣 和 宮瓦流金濯嫩姿寄語東君勤愛護 晃 賞心尤幸際明時 宏

閣中芍藥

花開朶朶向金扉 石 瑞日光中錦一團色與恩袍如競艷 敬 枝同駢玉故相依靈根自昔堪調鼎 礪 巧製從天別有機幾度當階恣清賞 湖 濃香不斷欲沾衣 石

一枝挺挺五花開敬皇極中央起數來大造委和先
禁地石仙家遺韻滿瑤臺雲從天上遥分紫礪雪向
冬初煖護苔袍帶佳名傳自昔湖不知雨露幾年培
敬

吟興多因視草餘礪起看紅藥到庭除曉叢浥露香
猶濕湖霞臉迎風錦漸舒腰憶廣陵金帶重敬眼空
東武玉盤虛清觀此日皆恩賜石紀勝何妨泚筆書
礪

仙宮深處簇紅雲湖五朶齊開一氣分錦出天機原
自別敬功由元造更何云彰施欲補虞庭衮石馥郁

渾疑漢閣芸郄訝芳姿眞解語 礪 不妨吟賞到斜曛 湖

花開連蔕見同心 石 臭味如蘭利斷金濯錦江頭雲一色 敬 披香殿裏路千尋朝回綵筆須重把 湖 翫罷黃封合共斟要向物華窺帝力 礪 吾儕原不是閒吟 石

雨後看花分外奇 敬 凝脂新浴華淸池紅酣不醒南薰夢 石 活態先傳幼婦詞地邃郄疑神與護 礪 春歸未恨賞偏遲連朝觴詠多高興 湖 況對淸和長育時 敬

濃艷偏宜雨後看礪力勝紅濕未摧殘天成錦障從移步湖人道瓊盃合在盤造物由來工藻繪敬賞心時復倚闌干新臺正與花相稱石時方修理花臺漫訝天香落廣寒礪

紫閣陰森巧貯春湖奇花開處倍精神穠華不假丹青筆敬色相原非粉黛身向夜杖藜疑過訪石自天雨露正更新年年此日須吟賞礪一氣循環幹化鈞敬

白芍藥

誰染輕紅上玉顏石年年相見在蓬山花容似與頭

爭白敬詩社還疑與未慳霄漢近分仙掌露礪珍奇不羨鄭商環日長罷草鈎簾處湖坐賞行吟肯放閒石

雪作精神玉作膚敬仙宮深處一塵無暈紅却訝微沾酒礪膩白渾疑舊點酥風韻故應金屋貯石品題堪與紫薇俱試從物色窺天巧湖徙倚花前步屢迂敬

艷冶叢中見素標礪不須塗澤更嬌嬈如從姑射山頭立湖合並瑤臺月下朝靜對玉堂偏覺潤石似酣瓊液未全消花王得爾眞堪相敬彤管拈來與畫描

礪

風前玉立更亭亭湖紅暈猶含酒半醒湛露欲晞周燕罷石行雲如夢楚山青盤盂詩好誰拈出敬鼎鼐調成自苾馨記取前修遺韻在礪先朝季文達公賞芍藥有詩玩奇時復步中庭湖

伯兄梅軒司徒致仕辱三公聯句寄賀命冕同作

鼎實功成引退時石新詩遥寄當梅枝懸車正及從心歲礪賜誥剛逢霈澤期麟閣未忘風雨約湖鷗盟先慰水雲思石城便是東門路石祖席無因餞一巵

晃
國計憂深髩已皤 礪 况兼留鑰運籌多投簪每有清
湘夢 石 和郢偏慙白雪歌姜被何時重對雨 晃 莒公
前日共登科制詞有弟方行草 湖 二妙家聲耿不磨
礪
競爽人誇好弟兄 湖 少公名相長名卿引年預作溪
山主 石 望闕猶關手足情天外冥鴻眞可慕 礪 沙頭
馴鳥不須驚連宵池草頻懸夢 晃 遠託驪歌爲寄聲
湖
我兄歸老荷深恩 晃 寵渥親承詔語溫淮水月連湘

水近礪鍾山人望柳山尊度支惟領陶園事石覺理

時斟邵老樽白晝看雲應北望湖向來松菊想猶存

冕

瑞蓮聯句正德十六年四月二十二日午時今上登極午後花開時太液及西湖俱未有花

國有禎祥異卉知湖花中君子應昌期氣和自與形

相會石世泰先教物效奇天上六龍乘御日敬城頭

一雨發生時先是久旱二十一日夜雨侵晨乃止至午萬里無雲天宇開霽雲霞爛

剪天孫錦礪風露清涵御沼漪宮燭分光疑照夜湖

玉壺刻漏恍臨池彰施欲像虞廷彩石滑膩如凝渭

水脂植向汙泥渾不染 敬 根連菀藾故難移未論太
華峰頭實 礪 且續濂溪道院辭地切只宜紅藥近 石
興酣思共碧筒持看當初夏驚偏早 湖 問遍名園總
較遲何物神工能幻出 敬 誰知元造與恩私綠箋青
筆將奚試 礪 翠蓋紅粧儼不歛卽製楚裳應奪目 湖
未隨陶社肯攢眉高樓鐘鼓催先發 石 深殿馨香想
共披五月鑑湖何足異 敬 千年金谷未應遺水仙臨
鏡顏初拭 礪 洛女淩波跡莫窺盛事雅宜傳瑞牒 湖
載賡還復效前規南薰不隔分房地 石 夕照猶憐解
語姿挺挺不枝仍不蔓 敬 盈盈堪畫更堪詩隔年心

賞須無負 礪 嘉話從今得永垂 湖

喜晴聯句 六月二十八日

積雨連朝喜放晴 石 長空無復片雲橫簷前鳥雀如相慶 敬 郊外禾麻定有成時若自來徵五事 礪 屢豐應得慰群生先聲昨夜聞鐘鼓 湖 氣序循環正遇庚 石 雷聲全把雨聲收 敬 霽景悠然豁病眸四野便應秋可望 礪 三農寧以歲爲憂日臨金屋開黃道 石 雲近珠簾賀翠旒調燮漫隨諸老後 湖 聊將閑詠代民謳 敬

太平風雨亦知時礪苦潦何煩蹙兩眉歆枕林鳩聲
已寂湖捲簾堦蟻穴先移花容映日浮埃淨石天宇
如春淑景遲清晝黃扉占泰運敬代言餘興且題詩
礪

日華浮動積陰消湖風伯先驅不待招萬物欣然皆
得意石四時從此卜均調願豐敢謂憂全釋礪憫澇
應知德已昭天意欲成嘉靖治敬未容頻放紫宸朝
湖

荷花聯句

花開清晝似張燈石紅瓣參差上下承日映金粉疑

熖起敬 露零翠葯與香凝亭亭勢欲淩高蓋礪 剪剪
工誰簇綵繒盆沼晚芳看不厭湖 禁臠還擬照青綾
石

蓮房聯句

離離青葯自爲房石 燦燦紅衣已謝粧列宿恍疑橫
斗柄礪 丹衷一似向秋陽勻圓氷繭憐初結湖 磊落
蠙珠見未嘗累累竅竅潛遞元化在石 胚胎纔具氣機藏
顆迎涼露垂垂實敬 味帶甘泉冉冉香湖 天與聰明
開百孔石 幹抽絲縷或盈筐移從楚澤蟠泥遠敬 採
憶吳船撥棹忙細數幾囬勞指點湖 密排次第若班

行礪炎天小嚼冰凝齒敬廣座傳看壁有光湖象外朋簪眞契合石囊中錐穎豈尋常敬腹披始見琅玕出礪花好囬思錦繡張敬野老美芹思入獻湖佳人拾翠自持將礪剖肝欲効忠臣諫敬強項如懷志士剛擘重臨風能自立湖淩高著雨更何妨相扶兩兩時呈瑞礪色護重重不受傷敬記取冰芝名更雅湖從知玉井與堪儕摘來便合供新茗礪瞰處先應剝細瓤只以苦心諧衆口石宜充良藥佐仙方敬波分太液猶含潤礪笑隔耶溪未許狂漫著詩篇酬共賞石年年黃閣對幽芳敬

鳳仙花聯句

可愛花神學鳳靈 石 猩紅顏色點修翎枝頭欲作來儀勢 敬 象外猶存快覩形霞彩晚隨秋共麗 礪 池光晴照雨初零只緣視草多餘興 湖 染指詩壇愛寧馨 石

花如紫鳳欲凌空 敬 阿閣前頭見幾叢日射九苞光奪月 湖 舞從千仞下臨風新枝不並岡梧老 石 靚色還如砌藥紅看取朝陽豐格在 礪 託根長傍五雲東 敬

每從池上見仙姿 礪 淺白深紅種種奇瑞彩巧呈金

鳳觜敬綠叢清似碧梧枝莫將指爪論功用石直以
生成閱歲時微物勞公頻顧盼湖品題合並玉簪詩
礪

禁苑閑栽染指花湖鳳毛金粟色交加誰從丹穴移
仙種礪我望桃源認彩霞近侍叢邊能卓立敬合歡
枝上任橫斜欲憑藥性催詩思石吟對西風手幾叉
湖

秋試後爲礪菴諸公子預賀

葡萄在望欲生涎礪翁嘗惠葡萄予言何不留待諸郎開燕翁笑云尙有數枝在開
燕還從九日前石喜報泥金方在路敬飛看雛鳳各

爭先湖　齋東又見三株樹敬　囊底多儲萬選錢湖　渴
想我應拚一醉石　詞林盛事記當年湖
東省高歌聽鹿鳴湖　毛家兄弟喜聯名五經分業皆
庭訓敬　三鳳齊飛上帝京雲裏塤篪新舊調石　天邊
橋梓古今情郎看朱邸開華宴湖　共賀清朝得俊英
敬

秋試後爲湖東大公子預賀

京闈秋試榜將開敬　似覺歡聲動地來準擬錦標歸
大手礪　郎古文彩映中台墨花淡處名尤顯鵲報頻
時信已催石　佇向蟾宮常拭目礪　月娥應愛謫仙才

敬
公台有子定公台且向京闈占大魁 敬 三試雄文驚
老眼數車芳譽稱清才 石 天孫濯錦和雲織桂子分
香自月來 礪 九萬鵬程從此始 敬 又看飛步到蘭臺
石

菊花

未見寒香興已先 礪 漫憑詩句發清姸踈踈纔著霜
前蕋 湘 箇箇深藏葉底錢似傲賞心高索價 石 欲牽
飲興故當筵花開莫待秋風老 敬 老圃令人憶昔賢
礪

昆雨方看菊有花湖試從枝葉問萌芽色欺吟鬢知何日敬賞及芳辰憶貴家故故含香如有待石遲遲呈瑞自應嘉犀黃玉白皆奇種礪肯向春桃羨絳霞湖

送毛舉人下第歸山東礪巷家器也

數車芳譽重詞林石傾耳春風聽好音千里霜蹄憐暫蹶湖五雲仙路待重尋匣中寶劍光長在敬憂裏朱衣兆欲臨擬看鴈行相續起石庭階玉樹喜森森湖

出人頭地說奇才敬合向南宮領大魁豈謂拔圖翻

失駿石空勞戰藝勇銜枚倚墻未許韓檠櫜湖對策
行看漢閣開一第莫嫌遲涸子敬上林花好待春來
石
共說池頭有鳳毛湖翩翩文采冠時髦箭能百步穿
楊葉敬賦向羣英奪錦袍家近海東文思濶石心懸
極北夢魂勞焚香正爾求忠孝湖轉眼臚傳荷寵褒
敬

扈從視牲聯句

吾皇臨朔視郊牲敬天遣羲輪傍輦行光射龍旗星
彩動石晴驃雉扇玉煙生都人就日懽聲合湖平土

屯雲曙色明預識天心昭假在　彌共聯新句頌昇平

敬

重刻蔣文定公湘臯集卷之三十九終

一園俞當藹校字

重刻蔣文定公湘臯集卷之四十

清湘後學俞廷舉重編
闔邑紳士　同刊

詩餘

喜遷鶯 送王方伯召北上有序

恭惟大方伯王公閣下京輔名家甲科偉器初平反於比寺久歇歷於外臺按節八閩已擅激揚之譽觀風三輔尤殫繩糾之才憲綱比長於桂嶺灘江風槩益嚴於秋霜夏日當路毎擬公於都憲高名數薦剡於宸旒西蜀

藩垣甫承温詔北門鎖鑰踵拜新恩利器盤根每精別於緩急多事之際輕車熟路自安行於拘攣窘步之中坐樽俎以折衝驅氈裘而欵塞凱歌奏於殿陛位望聳於班行凡在同寅舉欣異擢卜佳辰而設祖歌俚語以侑觴嚴召星馳莫磬古人惜別贈言之義先聲雷動竚來醜虜寒心破膽之謡願望實深揄揚莫既

澄清嶺嶠見好事幾多儘能行了兵漸息有民方安堵在處春回枯槁正擬借留幾載却遣藩宣巴徼纔

促駕又鳳銜綸綍特來宣召　爭道舊曾向中外徊
翔久矣推風操今往巡邊運籌決勝看展濟時才調
嗁手掃清烽燧屈指周旋廊廟還堪羨是過家拜慶
親年未老

蘇武慢　述懷

六十二年放歸田野多謝聖恩容我兄弟相依歲時
伏臘供奉祠堂香火遠近松楸清明寒食祭獻雞豚
酒果幾多函鳳勅龍章三代穹碑墓左　天生得好
水好山雲泉竹樹到處堪遊堪坐雪霽梅開春融花
發風外小輿輕舸城市山林柴門竹戶早晚無關無

餞客來時豐約隨宜塊炙杯羹皆可。

臨江仙　病起

六十三年真一夢光陰可惜悠悠鏡中白髮早盈頭浮生能幾許擾擾更何求　多少英雄成敗事長江日夜東流今人誰替古人愁乾坤千萬古吾道自滄洲

蘇武慢　題陳氏梅窗

疎影横斜暗香浮動水淺月昏雲霽何遜閒思廣平空賦寧似窓前生意心到西湖夢繞羅浮無限乾坤清氣問黨家低唱淺斟可有此中風味　聊寄傲樹

下吟詩枝邊掃雪還把酥醹沉醉謾約孤松靜移修竹誓與三人交契調鼎功名占魁事業分付堂前兒輩謝天公教我如斯成就一生之計

雨中花 閨怨少作

月入窗紗光的皪孤眠處羅幃寂寂嘆良人去也春風秋雨長作他鄉客　誰道青鸞生羽翼却不爲人傳消息使異域書沉幽閨鏡掩兩地堪愁絶

風入松 舟中憶母

昨宵孤棹獨眠時夢繞慈闈曉來起坐無聊頓蓬窗疏曙色輝輝隔岸數聲人語長空幾點鴻飛　老親

應望子南歸清淚頻揮自嘆微軀同寸草欲何爲得報春暉但願朱顏綠鬢年年甘旨無違

卜算子 秋晚

斜日墜荒山雲黑天垂暮時見空中一鴈來直入寒蘆去 驚起却低飛有意同誰語啄盡枝頭數顆霜還向空中舉

生查子 春日席上口占

鶯囀綠楊中人醉紅花裡況是今朝日又晴雲淡和風起 華筵列綺羅小苑盈桃李對景令人逸興生一齣生查子

風入松 過洞庭

洞庭湖水與天通高處是龍宮波濤起立掀天地風雲態變幻無窮南極瀟湘之浦北通巫峽之峰 飃然一葦半空中縹緲似孤鴻回首巴陵山色裡如一髮橫倚晴空日日幾多行客往來全仗天公

桃源憶故人 送田州張通判赴任

嘉靖五年兩廣撫按官太子少保左都御史慈谿姚公監察御史臨川劉君等奏革田州府土官請設流官守貳如內地藩臬諸君僉議府通判非全州張同知華不可蓋以其才

幹素著撫處尤宜故也議既定將具職名以
聞適張力陳有疾不果既而桂林府通判梧
州府推官皆缺員於是撫按聯疏於朝以華
及藤縣孫典史懋二人名上懋先任廣東按
察副使奉勅整飭清遠兵備以詿誤謫官於
藤部院臺諫論救薦舉前後不知凡幾疏張
獲與孫偕薦不可謂偶然也疏下吏部時孫
已因少師遂菴楊公奏量移弋陽桂判梧推
皆不果補田州通判之缺遂以張補之與撫
按初意正相合輿論咸以為宜張字子實德

安之隨州人由龍虎衛經歷被薦同知全州在任九年撫按官旌異者四獎勵者十最後交薦遂有今擢觀交薦疏謂其勤慎通敏政譽昭聞久歷年歲備諳士情則其平生居官持身槩可見矣子實累乞休致上官皆不聽其去今被臺檄促之赴任吾鄉士大夫不忍遽與之別也相率來徵贈言予老病不能文聊實錄薦剡而隱括小詞二闋以張之子實在吾州留意學校凡有修葺皆為經久計橋梁道路多所繕治至於逐惡獞歸於故巢以

除州民之害爲慮尤遠予先兄大司徒梅軒先生嘗謂其此舉得江統徙戎之遺意有識君子皆韙其言今之往倅田州充其平日所志其經畫必有可觀疾驅莅任以副撫按藩憲保薦委任之盛心以趍功名之會庶幾不負超擢寵命勿更以病辭爲一已私便圖可也

十年奔走湘江路手種甘棠無數歲久清陰遍布老稚蒙遮護 田州郡倅今催赴爭道此來何暮赤子嗷嗷待哺兩手勤摩拊

柳稍青 同上

此去荒陬變刀爲犢化劍爲牛赤子龍蛇荆榛剗盡滿眼鋤耰　呻吟盡變歌謳漸衣冠彷彿中州群黎樂業涵濡聖化萬載千秋

風入松 送李邦秀擢宰龍游

豐城李君邦秀以禮部儀制郎中出判吾全抵任未數月天官卿以君罹詿誤而實非辜也請於上擢浙之龍游知縣將行吾全諸縉紳士夫喜其榮遷而惜其遽别相率過予徵言以贈君子之喜君惜君又有甚於諸賢者

雖無諸賢之請亦將爲之執筆況其請之勤勤乎特以衰老久病神昏氣弱言不能文不足爲君重也姑塡小詞一闋以爲君祖筵之侑君江右名家諸父群從由進士官中外者數人厥考長史困學先生累以經術輔導南北宗藩君克世家學繼登高第初爲驗封主事於南京尋改禮部遷兵部歷官主客職方員外郎再遷郎中明敏有爲所至克舉其職人情世務素所諳鍊與人論及亹亹終日聽之忘疲學尤博雅又善爲古文辭政務之暇

長篇短章從容酬應藻思逸發焳然滿紙往
往爲人傳誦其判吾全也公退閉門日從事
於文翰方諸州守沈侯伯誠之請續修州志
未脫稾而龍游之命已下龍游固君借徑之
地也峻陟穹擢將自今日始予雖衰病尚及
見之

奉天殿上聽臚傳轉盻幾經年兩京三部頻承寵聲
赫赫文釆翩翩別却玉皇香案暫教來判湘川 席
猶未煖已東旋去宰浙河畹蛟龍不是池中物蹄涔
水更肯留連內外省臺藩臬從今歲歲喬遷

臨江仙　送沈太守入覲

吾全州太守沈侯伯誠循例述職京師鄉里大夫士謂侯以銓試第一人來爲吾州守蒞任纔五年巡按御史嘉其賢能而旌薦之已三見於章疏矣方今聖明在御寤寐才賢侯陛見之後銓部旣面考其政蹟又據巡按薦章而覆議之以聞於朝或中或外登等之擢可計日竢也吾州之黧老稚齒安得復蒙侯之惠澤於久遠乎故於侯之將行也莫不悵然惜之相率來諗於予欲予以其意載之文

詞以著侯之美予老且病不能別有所論譔也就諸大夫士之意而演之塡宋人小詞二闋復焉俾以致之於侯明日侯亦詣予辭謝不敢當予曰侯勿庸過謙爲也前乎侯而爲守於吾州者非無其人也嘗有御史多人相繼巡按而皆旌薦如侯今日者乎非侯政蹟素美其何能致此也侯之玆行覲禮旣舉果以閭閻疾苦悉意上陳如予小詞所云者當路大臣知侯能究心民事使侯得終惠吾州之民增秩賜金還侯舊任如漢家故事則才

賢之擢於朝廷惠澤之覃於黎庶將不雨得
哉既相與言之遂以其言登於綵軸用爲侯
贈焉

萬里山川來作守敢云地瘠民貧催科撫字兩艱辛
窮簷茅屋下無事不關身　鳴珮春風趨玉陛九重
應賜咨詢遐陬民瘼細敷陳願分涓滴水涸轍活枯
鱗

謁金門　同上

春入覲白叟黃童爭問惠澤恐難終敝郡吾儕能不
恨　宵旰旁求才俊穹秩崇階無恪去去鵬程看奮

迅臺省榮登進

浣溪沙

吾州太守沈侯之入覲於京也予旣諾吾鄉士夫之請書鄙文小詞以送之矣州學師生復謁予懇懇求言謂沈侯自蒞任以來留心學校旣修明倫堂與東西齋居及諸生學舍煥然一新又以櫺星門外兩旁墻垣舊用土築者不足爲經久計皆用甎易之南北數十丈甃砌堅緻先粲山石爲基上又覆之以瓦旣成璧立矢直自遠望之宛如城堵觀者盖

莫不嘖嘖稱嘆謂爲前此所未有也侯之有功學校如此先生忍靳一言不表章之以爲後人勸哉予以師生之言義不可奪也遂不厭其複書小詞一闋謝侯且以送其行云詞曰

孔廟門前石作墻明倫修葺似新堂黌宮從此益輝煌不是君侯崇教化頹垣壞棟日荒涼釆芹誰繼□人章

蝶戀花

石齋楊公以內閣玉簪花開蝶遊其上命題

飛瓊夜赴瑤池宴簪脫雲鬟墮地無人見曉來忽覩金風面冰霜盡把肌膚換 心欲展時香不斷雌蝶雄蜂來往頻留戀片時到處遊皆遍沾情應比人尤慣

清平樂 題風泉閣

項氏之風泉閣昔在茅山而今在匡山栁於養默翁而紹於德懋上舍縉紳士詩以詠之者盖不知其幾乎不能詩因塡小詞繼書於諸作之後狗尾續貂徒强顏耳

青山高處更結高樓住風色泉聲隨杖屨閱過幾番

寒暑臣山不滅茅山百年風景依然華表柱頭留語何妨兩地周旋

雨中花　題茅山書屋

書屋在臣山而仍繫以茅山者示不忘其先也讀前人書益充大而光駁之俾屋與山爭高人與山俱爲不朽德懋所以不忘其先者不尤在此乎

山上幾間茅屋插架牙籤萬軸聖賢言語前人收積留與兒孫讀　十年鑿壁偷鄰燭文字撐腸拄腹看蕙帳蛩空楓宸獨對平步登天祿

千秋歲　寄壽外舅少保西軒陳公

今年我外舅少保西軒先生陳公壽七十有八乃仲冬十有一日公初度之辰也覓繫官於朝弗獲隨門下諸生舉一觴為壽不揣蕪拙敬填小詞二闋寄上以致祝頌之意

畫堂清曉竹外梅開早樽俎列笙歌繞麟袍圍玉帶八座兼宮保鵷班上穹階曾歷汾陽考　勲業歸談笑鼎彝銘遍了名祿位誰能到功成身即退雅尚今尤少從此去海籌添盡人難老

鵲橋仙　同上

宦遊南北晉滇嶽浙控制西江百粵璽書催入總臺綱履聲上玉堦金闕　飽諳霜雪啜冰餐蘗依舊蒼松古栢壽觴滿獻臘前春長笑傲溪雲山月

蘇武慢　壽李翰德母夫人八十

宮諭李君宗易母太夫人今年壽登八十七月十五日其初度辰也朝中公卿大夫士皆作詩爲壽予素不能詩因作小詞一闋以代祝頌之意云

試看鵷班幾人有母壽算朝來八十瀛海皇圻耆先華胄衆口稱賢無匹仙李盤根詩書世業奕代簪纓

相襲擁潘輿就養神京幾隔家鄉三日　憶早歲內
助吳淞宦隨光祿往返青萊登陟眼課趨庭手親九
臚尋見金門出入今侍講筵日勤啟沃進御珍羞時
給問賢孫隨父朝回可有瑤池桃實

感皇恩　壽克溫乃尊先生

足不踏朝班坐膺高爵世間自有楊州鶴金緋榮耀
怎廢平生邱壑神仙又官府誰能學　身既無拘心
常能樂底須更覓長生藥商家霖雨旱歲何妨閒却
他年付兒子登黃閣

千秋歲　壽楊州俞翁七十

中秋前夕何處懸弧日絃管沸衣冠集共說古揚州
高人逢七十分明見壽星一點光南極　金紫聯蘭
玉梧竹森標格人不老歡無極從今千百歲名在神
仙籍銅狄上摩挲更問眞消息

臨江仙　壽趙判簿

番禺判簿趙君謝事歸吾全之六年歲在乙
酉六月十一日壽六十一其交游素厚若劉
貳守士奇滕義官景明諸君偕來謁予兄弟
圖所以爲君壽者予先兄尚書梅軒翁既爲
詞以壽之又三年丁亥是爲嘉靖六年於是

君之年六十又三矣予始繼爲小詞復劉君輩託其申致壽意君自茲年益高身益健由七十至八十以極於百二十之上壽自有秉如椽之筆以爲君頌者予言烏足爲君軒輊也哉君名鈺振之其字云

甲子從頭至數起幾廻獻壽開筵爭誇七九是今年有詩來侑酒歌吹協絲絃　舊日羊城曾判邑一朝拂袖歸田清閒誰似地行仙兒孫羅膝下眼看到曾元

千秋歲　壽李尚廉

吾全城西世家僅數姓李氏其一也有名澄字尚廉者性尤倜儻少嘗從事佔畢未幾棄去四子皆教之學冢子相遂以明經領鄉薦一不利春官歸力學弗懈鄉之搢紳多期以遠大尚廉聞之喜甚益擺落世務不復以之嬰其心中年以輸粟受冠帶非朔望亦未嘗輒服去所居二三里許有塘曰洗馬其間有園有田日課僮僕耕種間邀賓娛觴詠其中瀟然物表也今年壽登六十有一五月之廿九日其初度辰也醫學典科蔣文暐偕相來

謁予拜求數語爰書小詞以壽之

誕辰夏五甲子從頭數瑶席展斑衣舞階前森玉樹花外來簪組會記得勝遊燕薊連吳楚　歸來隱湘滸足不踏城府江山窟煙霞侶箕裘光世美英英氣如虎屈指看宴錫瓊林瞻袞黼

鵲橋仙　壽劉同守

劉君士奇同知廣德之五載政成當遷不俟報可亟解組歸故鄉日與縉紳之相知者徜徉山水間漠然若與世不相聞也今年四月三日壽六十有一衆來徵予言賀之予憶士

奇游庠序司教化兩官於吳而屢僑於燕往來南北纔幾時事而今乃老子長孫蒼顏鶴髮子孫且皆森然玉立挾册黌宮行將踵武於鄉科則子安得不薾然衰颯無異朽株枯荄也邪因相與大笑乃塡小詞二闋爲士奇賀士奇其以予言爲耄荒而莫之省邪否乎願明以告我

幾年仕路名韁利鎖一旦飄然擺却山中松竹水邊梅久與託交林壑　科第簪纓箕裘弓冶誰道詩書糟粕生朝花甲喜重逢壽酒莫辭頻酌

朝中措 同上

畫堂歌吹慶逢年珠履滿門前千首新詞勝錦百壺清酒如泉 山巔水滙吟風嘲月平地神仙但肯微分飲量也能來厠瓊筵

杏花天壽俞甥珍

吾長姊孺人與其夫義官俞公大寬相敬如賓數十年如一日生四丈夫子伯曰琇仲曰珍叔曰琢季曰珵皆恂恂謹飭予與先兄尚書梅軒先生往來南北珍暨琢未嘗不侍行琢先數年卒珍與琇珵中歲相與友愛益篤

珍尤直朴純誠今年壽六十有一年齒既高有子有孫而謙以接人尤惇退讓鄉人皆多之瑆與珍之子孜以珍生辰在四月六日先期向予拜求教言因作小詞畀之琇由國子監典籍有山西清源知縣之擢先數日報至吾姊伉儷九京有知聞其諸子既榮且壽亦未必不有以慰其意也

愛甥甲子從頭數可如今還思汝母別離已是成千古見爾猶如面覿　爾已有孫能侍祖子又常勤勤斡蠱清和天氣逢初度看膝下斑斕拜舞

豆葉黄　同上

湖海遨遊歲月賒歸來不覺鬢雙華壽筵賀客半烏紗飲流霞朝朝歡到日西斜

清平樂　壽趙希尹母

典膳趙希尹之母王孺人以成化丙戌歲生至今嘉靖丙戌甲子一周天而又過一年與始生之歲適相遇蓋年六十有一矣八月四日其初度之辰也先期希尹介吾甥俞珍與珍之猶子敬偕來求予言爲孺人壽予念珍之兄今國子監典籍琇與希尹之考義官服

周素相友善珍兄弟輩因與之往還而於珍之弟琢尤厚敬琢之子也遂壻於服周尋因琢識服周知其平生能勤儉起家以有孺人相之於内也及服周没希尹繼理家政而貲産益饒遂援例入粟待補典膳於宗藩其弟希説暨其子孟賢又同時鼓篋遊郡庠孟賢弟孟豪年雖少亦知慕學皆孺人有以教之則孺人於爲妻爲母之道皆可以無愧服周雖没猶不没矣尋安得不爲服周喜而忍默默無一言哉遂填小詞二闋書畀希尹持歸

以爲壽觴之侑趙居水頭之秀溪坊王出大
井兩家門戸蓋相埒云
清秋庭院寶婺層霄現花甲重逢誰不羨況是慈顏
長健　階前蘭桂森森烏紗光映青衿從此年年今
日華堂壽酒高斟

木蘭花　同上

秀溪溪上四面青山排畫障高下亭臺花竹軒窻傍
水開　鈎簾半捲琥珀盃濃紅不淺詞掃千篇歌一
篇來慶一年

感皇恩　壽滕景暘八十

滕翁景暘今年壽登八十會皇帝尊上清寧宮徽號推恩天下之老於是翁有冠帶之賜又有綿帛米肉之賜州閭鄉黨上至郡大夫皆曰斯翁非徒壽者其平生履善蹈義葆光茹潔非一日之積蓋德之見重於人人久矣今年齒既高而恩賚適至似非偶然者可無言以張之乎翁之配予姊也相與久而相知深遂援筆塡詞用爲翁壽翁早歲無子四十後始生子義官榆榆今又生有二子日夕承歡膝下翁之心蓋無時不樂也榆女選爲肅

江王妃事姑奉夫撫接卑㓜咸盡其道閭府
上下莫不賢之識者謂翁之家教有素云翁
之生辰在四月十有四日先期翁之母弟義
官景明率榆來謁予因書以歸之至期亦將
藉是以厠婣戚暨鄉大夫同往賀焉
天氣好清和是翁生日鶴髮酡顏年八十玳筵高敞
兒與諸孫繞膝婣婭況是聯王室　城北腴田如雲
香秫一壺自有長生術鳳凰詔下恩數先加遺逸錦
堂歲歲歡聲溢

鵲橋仙　壽從父姊鄧孺人六十一

盡吾全北境有村曰鄧居人惟一姓遂姓其村其族之耆年翁曰經以輸粟授冠帶翁之繼配孺人蔣氏予從父女兄也以天順庚辰歲生十干十二支相配一周而又過一朞今年六十有一蓋吾鄉所謂逢年者以歲星適與始生之年相値也七月二十有三日實維初度之辰其仲子鄉貢進士執中以會試過南都予偶以公務留滯予大兄少司徒梅軒先生公署執中跪請於先生及予謂不可無言先生命予塡小詞一闋寓歸爲孺人壽遂

書以授執中執中歸而獻焉孺人與翁並坐
高堂上執中與其兄致中弟本中華其子若
姪輩奉觴膝下試命童子歌此詞以侑之不
知肯為我囅然一粲否

葱葱鬱鬱十分佳氣秋早晝堂風霽瑤池阿母綺筵
開青鳥一雙先至　瓊觴迭進綵衣頻戲蘭桂香飄
庭砌天教福壽偶靈椿真是仙家伉儷

木蘭花

千戶侯栢軒胡翁謝事歸老於湘源之十有
四年為嘉靖己丑遡翁始生之歲正當丁卯

於是年八十有三矣正月十七日其初度辰也鄉里士夫與其子鉞游而善者喜翁精力强健飲啖兼人子姓孫曾森如蘭玉莫不欣豔其壽而樂也來求予言因塡小詞一闋畀之俾大書於錦軸以爲翁壽筵之慶云

春生几席過了元宵纔兩夕鶴髮盈簪共慶今年八十三　杯傾雲液玉砌芝蘭香繞膝醉後哦詩猶記轅門奏凱時

重刻蔣文定公湘皐集卷之四十終

一園俞當謫校字

瓊臺詩話

瓊臺先生詩話序

蘓文忠之文價重宇内至小品一書亦珎之如寸珠尺璧曰長公嘻咲怒駡皆文章也

本朝文莊丘公經術經世之學不減

文忠而其用究之如大學衍義補世
史正綱朱子學的瓊臺類稿諸書上
已懸之學宮次亦供學士家之咀嚼
矣惟詩話不傳即其家亦不以煩剞
劂氏夫固謂公之雕蟲不屑以是

耳肤觀公與西粤蔣公一生衣鉢焉
記此編蔣公銓而次之精神俱在其
可以不傳乎文忠之文不在小品而
讀小品者如見文忠予吏隱海南喜
見文莊全集而又喜是編之得手自

較其訛謬而以付梓人也雖不獲如
蔣公遊公之門承公之教而其緣亦
渡海一大快云若夫文忠與璀之宦
寓于是地一先公而爲公所景仰一
后公而景仰夫公也又不在文字間

覔宗主也崇正十一年戊寅冬至閩

後學張瓘頓首拜序

瓊臺先生詩話序

先生南海儒人也以經術文章顯于
昭代所著述有朱子學的大學衍義
補諸書行于世一時嶺粤數千里莫
不仰先生爲鉅儒云肰先生官

憲孝二廟之世浮沉中秘冑學若三十餘年曁乎一旦嚮用而先生固已耄老捐賓客逝矣生平學業百不酬一可勝恨哉當漢祕六經未盡出孔壁

賈董猶以明經著聲玄虛敗晉聲律
變唐而王弼韓昌黎輩居肰以經術
尸祝大成廡下及我
明建國二百餘年矣三尺童子誰不
執經談道而理學未一二数寧詎乏

人至是盡當時所名理學屬之明心致良知華先生學術明體適用山斗萬世祇將一屋散錢誚耳奚怪乎從祀之寥寥也先生博雅若宋學士守已若胡餘干通達若羅太史事業若

楊文貞名理若薛文清迺議著獨謂言行表表一世録之名臣是仲舒不得相江都昌黎不得詆佛骨驅鱷魚也赫赫孔廟胡元諸君子得藉手經傳俎豆其間先生豈愧其人而當事

議從祀不列之剡牘之末余嘗起先
生九原問之雖肰先生之學令一攝
風雲則汪李之紛紜不在
憲廟之際
孝廟十八年德化彪炳必有進于弘

治者寧令人嘖嘖侈譚學術也先生不以相業著而以學術名非先生之心尤非斯世斯民之幸已余之抱憾于先生寧[illegible]爲先生没没耶先生餘閒以講技自娛非著述之鉅者肤咏

歌性情闡揚名理大都有康節明道風是亦理學一班也清湘蔣公因而訓詁其間廣其師說命之曰詩話而蠹蝕幾半板刻無聞又將爲先生抱一憾矣不佞後學亡述敬輯蠹魚更

讐亥豕梓之家塾以永其傳因述数
語以記歲月云爾
萬曆戊戌仲夏之望吳門後學許自
昌謹書

瓊臺先生詩話序

歲戊戌晃來京師拜瓊臺先生於館下懇求學焉辱先生念先父之舊不以晃爲不肖而棄之俾占藉爲弟子循循教誨以性命道德之懿文章學問之要政治理亂之端脩爲涵養之方委曲指示務欲晃大有所造詣而後已晃雖不肖何其幸歟又三年辛丑會試不利將南歸省母因慮平日之所聞久則不能無遺忘也著爲詩話一卷總若干則凡先生之鄉人暨

當世之士夫談論有及於此者冕或聞之亦謹錄於
其間竊惟冕之所聞於先生者非止一端他日倘當
更有所論著以為一書如程朱門人之錄其師說者
然然未敢必其能成否也謹書以俟倘遂此志則甚
幸幸甚矣是書所論著者止於詩詞故謂之詩話云
觀者幸勿曰小兒強作解事者是歲端陽日學生蔣
冕自序

瓊臺先生執事晃竊聞孔門諸子於夫子之容色言動無不謹書而備録之以貽後世鄉黨諸篇所載是已至於近代若程朱之門人亦嘗録其師説以爲遺書語類諸編今世後生小子得以讀其書於千百載之下而想見其師弟子之訢於千百載之上豈非幸歟嘅夫聖賢既没道晦言湮師弟子之誼茍且决裂於天下非一日矣或爲陳相或爲逄蒙忍心害義至於如此先生所以深爲之惜而致意於晃者也晃以

故曠定省廢甘旨三四年間居逆旅中于于然怡怡
肰如食大庖之珍羞如飲大官之醇酎如獲黄鍾大
呂商鼎夏彝人不吾識而吾獨有以自樂者此也冕
之見知於先生者如此豈不謂之幸哉雖肰先生之
致意於冕者非私冕也蓋將欲冕任其遠者大者如
古之所謂三不朽者豈止欲拘拘獘獘如一庸衆人
而已哉是以妄不自料每欲竊取孔門諸子之意儆
程朱之門人既平日耳聆先生之言目覩先生之行

足以傳達貽後者著爲一書使後之覩其書者知我師弟子之誼焉雖人品之高下造道之淺深歷時之近遠不能不異然師弟子之誼千百載之下者固無以異於千百載之上也然而性質蠢愚萎以氣體尫羸不能觸類而長有所奮發是以雖聞見於先生者不爲不多而心則不能以盡識也況又方且留意於章句對偶之文以求知於主司以求合於繩墨以求獲升斗之祿是以雖有此志而不能以遽遂焉今既

不售援例畢姻得以還鄉省母此心之樂殆不減於前日時繼仲夏坐逆旅中偶記憶先生之詩輙朗吟数過或景觸於目而意融於心即伸紙揮毫論著数篇一月之間積成一帙總若干則分為二卷題曰瓊臺先生詩話嗟乎先生之所以致意於冕冕之所以感知於先生者豈止詩云乎哉故嘗欲以獻之左右而未敢也今行車既駕將自北之南獲侍左右者不数日矣故敢稽首百拜以獻焉其中所論著者未知

是否惟有以教之幸甚

學生蔣冕稽首百拜上書

瓊臺先生小影贊

豪傑之士無待而興聖賢之學不微而能道適其用文達其意一世鉅儒兩間間氣

冕嘗圖先生小影置書館中朝夕瞻仰以伸效顰之意故製此贊書於其上今謹録於詩話之首云

伊吕之才孔孟之學瑚璉之器參朮之藥可以叅兩間之造化可以爲疲氓之橐籥噫斯人也始陶鑄於橋門終鈞軸於臺閣

右贊乃四川壬午解元曹奎夢中所作者奎久居名場需選銓曹於成化己亥八月初二日夜夢衆人挽其作文賀先生壽固辭不獲而作此贊既成書之必須字皆變成金色奎於先生素昧平生而夢中有此作蓋有非偶然者晃嘗拜觀先生畫像因即奎所贊者書之上方而識其事於後今附錄於詩話之首云

文莊公遺像

瓊臺詩話卷上 凡五十二則　瓊臺裔孫名邦重訂

西粤蔣冕著　茨苑許自昌校

閩同張璀訂　瓊臺孫兆昌期昌錄

嘗聞瓊人言先生八九歲時社學師命作東坡祠詩其中一聯云兒童到處知迂叟草木猶坒敬醉翁冕叩其全篇則曰歲久不復記憶歸家求得之嘗書以寄子今已數年而不可得可歎也已醉翁迂叟歐公溫公別號東坡詩云兒童誦君實走卒知司馬又云

醉翁行樂處草木皆可敬用古人所作詩就題其人
祠堂前人所未有又聞先生在太學時與同舍生游
文丞相祠口誦文公詩就集其句爲一絶今附於此
其詞云如此男兒鐵石腸英雄遺恨落滄浪人生自
古誰無死烈烈轟轟做一場
宋先生少時客有誦宋人龍太初沙詩者先生謂其有
作無用客因屬先生足成之先生即口占以答之按
太初詩云茫茫黄出塞漠漠白鋪汀鳥去風平篆湖

迴日射星先生足之日築堤連相府慶磧到龍庭見說西河裏漂流不暫停盖用沙堤沙磧沙河之事唐詩日新築沙堤宰相行虜中沙漠曰磧書曰西被于流沙今流沙河是也然又以相府之相借用象字以對龍庭龍庭者單于祭天所也單于以六月大會龍城祭其先天地鬼神龍城郎龍庭也東漢書載竇憲登燕然山班固作銘有曰躡冒頓之區落焚老上之龍庭是也詩成客大嘆賞以爲先生用事之善如此

視太初拘拘以形容之者異矣始大以先生之言為然又拔太初題詩之由附載於此郭功父方與王荊公坐有一人展刺一詩人龍太初及相見既坐功父欲其作詩時方有一老兵以沙擦銅器荊公因命以沙為題太初不頃刻而成即前所云者因此名聞東南

先生年七八歲時從大父往鄉間過道旁學舘適教者以鴝鵒為題命學子作詩因屬先生作先生即口

占以荅之其中一聯云應與鳳凰為近侍敢同鸚鵡鬪聰明教者驚曰是兒年少如此而能作此詩他日所就其可量乎遂加禮待之且每向人稱嘆不已此晃聞之瓊人恨不見其全篇也先生平生作詩幾於萬首肰得之甚易而遺忘亦易且又多不存藁故今藁中所載不過千百之一二而已凡遇人求題卽細書於紙尾或失其藁別作一篇與之及尋得舊藁乃與新作覆不相似其為文也亦肰

先生少年有題梅詩云自是花中一世豪林逋何遜謾謷謷占魁調鼎皆餘事更有氷霜節操高昔王曾作梅詩有雪中未問和羹事且向百花頭上開之句人謂其已安排作狀元宰相先生又移上一等說謂占魁調鼎率皆餘事而所貴乎梅者節操之高而已然則是梅也可以視天下第一流之人物矣

先生生海南少孤無從得師然天資絕人達甚往往暗與道合年甫十二即偶成唐律一首云絕島窮荒

面而墻偶從窻隙得餘光浮雲盡歛天還碧斗柄初昏夜未央燕語鶯啼春在在鳶飛魚躍景洋洋收來一擔都擔着肯厭人間歲月長其意蓋謂其生也在絶島窮荒之地旣無鯉庭之教又無麗澤之益猶面墻而立耳偶從窻間之隙得餘光之照一旦人欲盡去天理復明於斯之時心志初定正猶斗柄初昏之際日旣落星初明於此推測天象無不灼肰有一定之見矣見旣有定志旣克立此心此景隨其所在流

動充滿無少欠缺於是盡收天壤間之物而以一擔擔之且不厭歲月之久其任重道遠之意凛朕於未句十四字之間矣

先生十餘歲時作濁海歌其詞可與吳隐之貪泉詩並觀貪泉言簡而盡濁海語近而遠當不可以優劣論也歌曰天下百川皆清漪一流入海便成緇滋茫誰復辨涇渭混混孰與論滉瀁洪濤巨浪轟轟怒不覺巳身如穢瓠看來何似山下泉清香凛冽爲人慕

找何潮頭三嘆息志欲澄清勢未及願言上帝檄天吳一夜黑波變成碧穢瓠二字出鄉文今此詩瓊臺藁中不存晃蓋聞之於瓊人云

先生少年嘗作因事有感詩其序曰唐人有詩云公道世間惟白髮又有曰惟有東風不世情又有曰花開蝶滿枝花謝蝶還稀惟有堂前燕主人貧亦歸是皆憫世悼俗之言味其詞可以知其時矣由今日以觀尤有甚於此者故反其詞為一絕云其詩曰白髮

年來也不公春風亦與世情同於今燕子如蝴蝶不入尋常矮屋中詠之者足以見世態炎凉之變

先生少時曾作瓊臺八景詩其首一章五指參天詩云五峯如指翠相聯撑起炎荒半壁天夜盥銀河摘星斗朝探碧落弄雲烟雨餘玉笋空中現月出明珠掌上懸豈是巨靈伸一臂遙從海外数中原其中盥摘探弄等字及玉笋現於空中明珠懸於掌上等句皆自指字中來而撑起炎荒及伸臂数中原二語意

見於言外非但詠山也盖以先生今日所至言之尤足徵云

先生初過梅關詩云當年未到梅關上但說梅關總是梅今日過關堪一咲滿山荊棘野花開盖未到關時徒聞其名只謂滿山皆梅故得此名及過關而惟見荊棘野花充塞道路與昔之所聞者大不相符肰後知無其實而竊其名耳嗚呼天下之事無不肰也豈獨梅關哉豈獨梅關哉冕聞先生言慈溪馮益謫

海南時嘗寫此詩寄朝中士夫

何處飛泉好廬山自昔聞懸空一水立驀地兩山分直瀉崖前月平霑樹杪雲源頭如可到乘興訪匡君

此先生初過南康望廬山瀑布詩也飛泉在處有之然皆不如廬山最高且大故論者稱廬山爲第一水不能立飛泉懸空而下亦似立然水立於山間則一山分爲兩山矣直瀉平霑一聯最佳可與海風吹不斷江月照還空之句千載爭輝然或者又謂廬山不

近海而月照還空凡水皆肤豈特潒布邪

先生嘗語晃曰國初有李思廸者山東歷城人官翰林爲侍講學士坐事謫崖瓊山善吟詠幼時聞父老誦其過采石弔謫僊詩詞亦可取小子識之其詞曰金精入梦毋先知生得丹山彩鳳奇若被官人呼酒醒曾嫌力士脫靴遲醉魂猶繞千秋月佳句堪爲百世師今日蛾眉亭下過一坏黄土草離離晃退而識之因記先生亦嘗有過采石詩謹録于左其詞曰蛾

君亭下吊詩魂千古才名世共聞江上波濤生德色磯頭草水帶餘醺先爭日月常如見思入風雲迥不群岸芷汀蘭無限意臨風三復楚騷文德色餘醺二句語意俱新蓋言山川因人而勝太白所經之處尚人猶有德色其草木因其所死猶帶餘醺此等語皆昔人所未嘗道

先生有題鷓鴣詩詞極警拔其詞曰爲禽祇合作禽言水飲林棲任自便只爲性靈多巧慧一生長是被

拘牽世之露才揚己不循自朕之性而有意外之干
一爲人所拘攣則終身不脫者多矣觀此寧不悚朕
作惕朕懼乎
先生在太學時先父亦以會試不偶卒業於其間先
生與先父同爲兩廣人且舍館切近故相與之情親
諳人最厚正統己巳先大父卒先父援例將南歸先
生作詩輓之曰高人厭世氣一夕歛天真花落閒庭
晚鳥啼空谷春藥囊餘舊劑茶竈冷香塵埋玉湘江

上悲風起自詞是時孔詹事公恂柯詹事潜諸名公
皆在太學與先父亦嘗有半面雅皆有輓引之作朕
惟先生之作爲優
先生嘗讀郝經繫雁帛詩偶書一絶云北雁曾聞寄
漢書又看南雁遞還胡迎鑾鎮上脩書處還似蘇郎
雪窖無蓋子卿居胡庭北雁爲遞書於南伯常居真
州南雁爲遞書於北子卿之事固歷伯常之事則實
故后二何設爲疑詞以問之子卿蘇武字伯常郝經

字也經詩附録於此其詞云霜落秋高悠所如歸燕回首是春初上林天子援弓繳窮海纍臣有帛書按元中統元年經拜翰林學士充國信使使宋宋館于眞州凡十有六年始得歸先是有以鴈惠經經畜之鴈見經輒鼓翼引吭似有所訴者經感悟其意擇日率從者具香案北向拜畢鴈至前手書尺帛親繫鴈足而縱之後虜庭虞人獲之以獻於世祖或又疑無此事乃元人附會云

元張平叔自謂遇眞人授以金丹藥物火候之訣可以還嬰返老變化飛昇著爲悟眞篇五卷其間所載律詩十六首絶句六十四首西江月十二首又歌頌樂府及雜言各數首其意將使後人讀之庶幾盡還本明性之道而見求以悟本捨妄以從眞先生嘗聞其書嘆曰世豈有此理哉乃用其詞反其意作詩三首以闢之其一　曰眞鉛眞汞結眞丹簡易工夫不在繁道是悟眞應未悟悟眞寧用許多言其二　曰天然

義理本來真自古原無不壞身若道神仙長不死世間應有漢唐人其三曰張翁自謂得真傳吃緊教人學大還今去翁時未千載如何不見在人間嗚呼平叔作書教人學長生今去平叔纔数百年平叔安在哉其無此理明矣誦先生此詩令人悚肰

先生嘗題常熟王節婦詩曰所天登逝可柰何始終一節矢靡它真松自無桃李態古井不起江湖波九重綸綍襃奬厚百世綱常關係多清風凛凛敦薄俗

虞山萬仭同嵯峨嘗聞之人先生未仕時作此詩朝中名公鉅鄉見之無不稱嘆因此聲譽益隆肰此詩所關實大不爲徒作

先生有感寓詩一律冕凡誦之未嘗不慨肰也詩曰

生來海邊住慣識海中舟纔喜開洋便俄驚閣淺晋風雲多變態波浪少安流却羨垂綸者年年守步頭

盖謂人生天地間凡得失利害皆相爲乘除得者利者未幾而失者害者踵至正猶海中之風雲波浪變

態恒多而安流恒少可不安於分曲守乎在巳者哉纔喜俄驚四字最妙開洋闊淺皆江湖上行船語畧經點化殊有隹致

先生偶作六言詩云方寸間潛天地書卷中來聖賢誰道先生無事一日萬里千年晃因此窺見先生之詩一開闔精微先生實有之且萬千年之久遠於一日間皆經營注想于心胸先生之事大矣誰謂無事也邪

先生嘗有題虞美人墓詩云自古英雄数項王喑啞叱咤萬人當只消幾句凄涼話柔盡平生鐵石腸蓋言項羽當其喑啞叱咤萬人皆廢之時其自視以爲何如人及垓下被圍四面楚軍驚而起嘆慷慨悲歌泣下数行而所以歌之意惟拳拳於虞姬平生百鍊鐵石之腸至是盡化爲繞指之柔矣又有題蘇武圖詩云蘇卿持漢節百節死不移誰知向胡婦猶有動心時蓋言子卿在窖時齧雪啖氊蹈背出血可謂

萬死不移矣朕不免爲胡婦生子而此心之欲終未能除去由此言之人欲之移人雖英傑忠貞之士猶有所不免者况常人乎朱文公題胡澹菴詩曰十年浮海一身輕歸對黎渦却有情世上無如人慾險幾人到此悞平生正此意三詩之言皆不襲故常所謂顕微闡幽者也按澹菴旣於海外十年北歸之日飲於胡氏園題詩曰君恩許歸此一醉旁有黎頰生微渦謂侍妓黎倩也

楊州蕃釐觀有瓊花樹世傳元人入中國樹遂枯死不復開花後人以八仙花代之今所謂瓊花者乃八仙花也先生嘗遊其處作詩曰蕃釐觀裏草芊芊不見瓊花見八仙豈是花神厭夷德番魂先返大羅天由此觀之可見夷狄亂華雖草木之微亦恥為之臣也嗚呼可以人而不如草木乎

嚴子陵釣臺賦者甚衆朕為人所膾炙者范文正貢魯直戴式之數詩而已先生亦嘗有詩云祚終四百

巴無漢州歷千年尚姓嚴終古祠堂釣臺側水光山色榷高簷語意俱新眞足以匹休諸公而所謂州歷千年尚姓嚴若丕出人意表少年又有題子陵臺詩云常嘆劉歆頭不及嚴陵足厥角稽首勢若崩況敢橫足加帝腹嚴先生何壯哉釣臺豈但高雲臺淸風邈邈一萬古落日頹波挽不回少年又有一絕其結句云雖朕一隻塵泥脚曾踏君王腹上來惜乎不見其全篇

先生嘗過僧舍書一詩云僧房暇日偶經過話到忘機不覺多夙契自應知我是任緣無復問誰何香從内賜烏龍掛經自西來白馬馱斜日半山歸路晚数聲鍾磬出州蘿今内府御香名烏龍掛用烏龍掛對白馬馱最爲親切且語意新巧嘗與經來白馬寺僧到赤烏年一聯並觀

唐時繁華地稱楊一益二是天下之勝境莫有過于楊州者今楊州視淮陰反若不及焉盛衰不常昔之

繁華者今則寂寞矣肰則今之寂寞者安知他日不至於繁華乎亦可見世道之一慨也先生夜泊淮安西湖嘴有感詩曰十里朱楼两岸舟夜深歌舞幾曾休楊州千載繁華事移在西湖嘴上頭

歲首八日一日鷄二日犬三日猪四羊五牛六馬七人八穀其日晴則所主之物育陰則災先生人日有懷詩云七日逢人好三年作客睽塞雲歸度鴈城日暁翻鴉雪化經冬水梅開隔歲花欲歸歸未得惆悵

惜年華逢人對作客最爲親切且以經冬與隔歲襯早春事殊可佳也又有穀旦詩云入春經八日無日不晴明歲有豐登兆人懷喜悅情物皆安物性吾亦樂吾生把筆題詩句長歌咤少陵詳味其詞有物[illegible]止其所之趣起句蓋翻用杜子美元日至人日未有不陰時詩案也

客齋隨筆有曰李頎詩云遠客坐長夜雨聲孤寺秋請量東海水看取淺深愁且作客遠涉適當窮秋暮

投孤村古寺中夜不能寐起坐悽惻而聞簷外雨聲其爲一時襟抱不言可知而于兩句十字中盡其意態海水喻愁非過語也兒觀先生之詩亦有似者詩云旅館秋風夜雨聲思家愁路憶神京寒蛩可是知人意相伴哀吟直到明蓋當旅館秋夜風雨適來遠離鄉國未至神京中途履此愁何如哉徹夜不眠哀吟到曉宜矣第二句一句而含三意尤爲可誦云

先生江行阻風詩云人言夏月南風順偏我來時遇

北風氣候雖將常理論江神肯與世情同昨霄檣棹
清兖裏今日維舟暮雨中行止非人能逆料嶽麓天
問問天公盖夏多南風此常理耳我來而遇北風則
非常理矣固氣候之使肰也豈江神之情亦與世同
而故爲此以阻我哉此正有德者之言在他人必曰
江神亦與世情同矣孟子曰行止非人所能也吾之
不遇魯侯天也末句盖用其意又按離騷經有天問
篇

五年詩人在國初顯名者有黄哲孫蕡王佐数人佐嘗有題靖節歸來圖詩先生愛其用意深遠因即其題作一詩按佐詩云家國陵夷日已非高情岂爲督郵歸東籬黄菊南山豆千載清風與蕨薇先生詩云桓公事業晋山河觸目傷心可柰何籬下黄花門外柳時時相對醉吟哦靖節祖侃謚桓當晋時削平僣亂故起句云然盖含忠孝之大意云

先生嘗有題傳巖圖詩云何事君王感夢頻騎箕天

上有星辰自從版築形求後惟見丹青畫美人蓋謂自高宗形求傳說之後世之人主所以形求者惟油頭粉面之物而已千載而下繼高宗之芳躅者誰歟惟之一字最有深味言雖有盡而意則無窮也豈徒詩哉

詩人能言義理者自三百篇而後恒不多見惟韓昌黎程明道邵康節朱晦菴數君子能言之雖杜少陵晦菴猶譏其未聞道況其他乎至於近時能言者益

以鮮矣或言之又未免似有韻文字故七言律詩能言義理者尤爲少見先生少年爲人作主一齋詩云沉沉天宇定生光人得心齋已坐忘學奕幾曾思射鵠挾書爭肯更忘羊靈臺有竅春常满止水無波盡不揚好把敬箴書座右常如先正在羮墻可謂能言義理而不失詩人之意

鎭江多景樓歷代名人多有題詠宋人劉攽之詩云壯觀東南二百州景於多處更多愁江流千古英雄

恨山掩諸公富貴笠北府如今惟有酒中原在望恐登樓西風戰艦今何在且辦年年使客舟先生亦有詩云多景樓前景致多倚欄吟眺柰愁何浮雲京國生春暝落日鄉關隔暮波浩蕩乾坤心共遠蹉跎歲月鬢空皤醉來擊碎玉如意仰面看天發浩歌論者謂改之詩第二句最妙可爲此樓絕唱然第四句無少含蓄幾于罵詈而後四句視前三句未稱亦未爲純也先生起句便高足盡此樓之景倚欄吟眺其愁

柰何浮雲蔽京國之間落日隔鄉關之遠一則憂乎國一則思乎親蓋用黃鶴樓鳳凰臺兩詩下[redacted]意也且浩蕩乾坤此心共遠其志大矣而蹉跎歲月而鬢空皤有志而不獲騁焉此其愁當何如於斯之時但手擊如意仰面浩歌不怨不尤付之一醉而已如此則登此樓時無限意思可以為此樓絕唱

金山寺題詠最多佳句絕少惟張祜詩云一宿金山寺微茫水國分僧歸夜船月龍出曉堂雲樹影中流

見鍾聲兩岸聞因悲在城市終日醉醺醺識者稱其
可爲金山絶唱後孫魴題云山載江心寺魚龍是四
隣天多剩得月地少不生塵過櫓訪僧定驚濤濺佛
身誰言張處士題後更無人説者謂天多地少可用
於落星金山不應如此其狹而濤濺佛身金山又不
應如此其低且其言夸大無足取者祐之末句亦不
甚親切曾見先生寄題金山寺詩云岷江萬里下梵
刹半空開呉樹風吹斷淮山水蕩明潮聲雜鐘磬波

影動樓臺千載張公于題詩曾再來盖此寺在大江中江自岷山而來至此数千里矣吳居其南淮居其北雖不聞其題誦此詩可知其爲金山寺作也潮聲波影一聯可與祐樹影鍾聲並觀結句悠遠無盡大意視勅何如哉方回謂張祐之後有梅聖俞愚按先生亦云聖俞詩附録於此其詞云吳客獨來後楚橈歸夕曛山形無地接寺界與波分巢鶻當窺物馴鷗自作群老僧忘歲月坐石看江雲

先生之詩固多雄渾奇偉者如寄所知及閑中有懷二首氣魄象宏音響瀏亮尤可誦而可歆也寄所知詩云晉人風度楚人騷不爲悲秋嘆二毛席地夢回雲氣濕仰天歌罷月輪高鳳凰覽德翔千仞鶴鳥揚聲出九皐有約蓬萊清淺處碧桃花底聽雲璈閑中有懷詩云燕山粵嶺路迢遥意氣相逢郎久要處處處皆君此處朝朝朝是我同朝桂庭醉月依瓊樹梛籬吟春綰翠條回首只今成老大秋風霜鬢共蕭蕭

世傳朝朝朝三字未有能對若先生以處處處對之足爲佳句云又有寄張錬師詩云辭家學道入青冥曉汲清泉晝斸苓衣染春雲同鶴色劍涵秋水帶龍腥吟成白雪風生席歃罷青天月在庭幾度緘書寄仙侶蓬萊清淺隔滄溟

先生之詩自不作寒乞聲如貴公子詩云生長長安富貴家錦衣玉食競豪奢十千醉買青樓酒三五行穿綺陌花玉勒雕鞍蹄逐電金屏繡褥髻堆鴉青春

行樂年年事，肯信流光鬢有華。人謂善言富貴者不說錦繡金玉，惟說其氣象。此詩雖說錦繡金玉，而其氣象未嘗不富貴，寒乞者自無此聲也。又有春日郊行詩，其氣象固富貴，而詞語又艷麗。其詞云：三月韶光滿帝都，郊遊士女競歡呼。五花細馬馱紅袖，百結彩絲絡翠壺。書困柳眠鶯急喚，春醲花醉蝶爭扶。書生割景愁虛度，也學乘風詠舞雩。

先生之詩，有與古人暗合而惟數字異者，如高季迪望都邑宮闕詩云秦金不厭氣佳哉紫蓋黃旗此日開殘雲色消鳷鵲觀浮雲不隱鳳凰臺山如洛下層層出水自巴中渺渺來六代衣冠總塵土幸逢昌運莫興哀先生金陵即事詩實與之合其辭云六朝城闕久蒿萊紫蓋黃旗　帝運開鳷鵲漏傳雲外觀鳳凰簫奏月中臺千峯山勢連吳遠萬里江流自蜀來此日江南非昔比子山詞賦莫興哀先生自叙云歲庚午來自金臺寓新河有金陵即事之作明年復至

因覩高槎軒詩不意暗與之合有如剽竊然初實不知也用廣其意爲雑咏二首其一云雲中雙闕俯秦淮天外三山對鳳臺二水合流趋海去六峯飛翠過江來金陵王氣千年盛鍾阜晴雲五色開愧我才非班馬匹可能無賦奏蓬萊其二云父老依稀說六朝當時伯氣已全銷新亭别淚何須墮辱井妖魂不可招瓜步客帆朝帶雨長干僧艇晚隨潮行人不用誇天塹南北輿圖總屬堯

趙松雪集載李子構海子上即事詩云馳道塵香逐玉珂彤楼花暗鼓雲和兑風漸緑瀛洲草細雨微生太液波月榭管絃鳴曙中水宇簾櫳受寒多少年易動傷春感喚取娥眉對酒歌先生聞之飄詠數次時晃侍側因覓綿和之落筆即成二首其一云朝回花底共鳴珂雲淡風柔氣候和輦路雨餘生嫩草宮河水泮動微波近天楼閣逢春早向日園林得煖多我有新詞三百闋與來呼酒對君歌其二云寶馬雕

鞍白玉珂花雲淡蕩椰風和梵宮容容開金殿海宇深深湛碧波郊外踏青遊客醉水邊修禊麗人多誰憐寂寞楊雄宅門巷無人白嘯歌子擣名才元京兆人年十七與松雪翁同於海子上賦詩松雪稱其詩雜於唐人詩中未易辨也以冕觀之先生之詩其亦無愧於松雪所謂者哉松雪詩亦附見於此小姬勸客倒金壺家近荷花似鏡湖遊騎等閑來洗馬舞靴輕妙迅飛鳬沺雲判汚纏頭錦粉汗生憐絡臂珠只

有道人塵境靜一襟凉思詠颷雲

先生和楊廉夫花游曲高情遠致見於言外其詞曰

雲樓霧閣深濛濛弱流萬丈蓬萊風姓名久注卅臺裏浮槎直泛銀河水凌空不翼飛天門若木不胃鮫綃裙天衢空闊舒禹步俯瞰人寰惜郎墓一聲鐵笛下天來擬借重湖爲酒杯珍珠落槽氷在椀雪兒歌唇王奴板天邊一任烏輪西拂塵掃石題復題鸞儔鳳侶隨蝶使爛熳芳遊月二四醉揮彩筆掃雲箋試寫

神遊八極篇按廉夫於至正戊子三月十日偕茅山貞君老仙烟雨中遊石湖諸山已而午霽登湖上山過寶積寺妓者瓊英折碧桃華下山廉夫爲賦花游曲其詞附録於此三月十日春濛濛滿江花雨濕東風美人盈盈烟雨裏唱徹湖烟與湖水水天紅女忽當門午光穿漏海霞裙美人凌空躡飛步步上山頭小真墓華陽老仙海上來五湖吐納掌中杯寶山枯禪開名椛木鯨吼罷催花板老禅醉筆曲闌西一片

花飛落粉題蓬萊宮中報花使花信明朝二十四老仙更試蜀麻箋寫盡春愁子夜篇時玉山顧瑛崑丘郭翼袁華陸仁馬麐秦約匡廬于立皆和之今不能盡録也

廻文詩昔人固多作者廻文詞則不多見惟朱文公劉静修嘗有菩薩蠻詞二公詞語俱極高妙然惜其隨句倒讀不免意復不如至尾讀廻之爲妙也先生一日坐願豐軒中值金風徐來焚香煮茗秋思不可奈遂

以秋思為題作廻文菩薩蠻調一闋詞語亦極高妙且自尾讀回翻狀有出塵之趣文公詞云晚紅飛盡春寒淺尊酒綠陰繁老仙詩句好長恨送年芳又次劉圭父韻云暮江寒碧縈長路花塢夕陽斜客愁無愁無勝集醒似醉多情靜脩詞云水園山影紅圍翠溪近水橋西隱人誰與問孤鶴對言無先生詞云紗窓碧透橫斜影月光寒處空幃冷香注細燒檀沉沉正夜闌更深方困睡倦極生愁思含情感寂寥何處

別寃銷又聞先生少年曾以村居爲題作菩薩蠻詞一闋今橐中不復存矣他日作四文詩兩讀字意不別詩與此詞皆古人所未嘗有詩曰妾憶君兮君憶妾心同志也志同心月隨星處星隨月林滿風時風滿林雪似梅花梅似雪金如柳色柳如金別懷久後久懷別音信傳來傳信音

姑樸懷古詩多是用宋以前事鮮有用近時事者能用近時事且言詳盡而意微婉者惟先生之詩爲然

詩曰西風黄菜葉乾時城郭人民半是非九四不成
龍或躍萬三無復燕于飛玉虹百尺形空壯金虎千
年氣已微何事章縫袂相接等閑廟筭出神機按張
士誠據吳時用黄蔡葉三叅軍吳人謡曰黄菜葉用
齒頰一夜西風來乾癟九四士誠乳名萬三吳中富
人姓沈氏名富字仲榮行三人因以萬三秀呼之當
元時躬親稼穡以勤儉起家田疇廣數千頃歳所積
粟累數百萬斛既卒二子茂旺當國初應詔廷見歳

獻白金千錠黃金百斤建廊坊造橋梁甃城垛以至甲胄人馬多有所助　高廟以茂爲廣積庫提舉姪孫玠爲戶部員外郎後坐罪籍其家至今天下稱鉅富者必曰沈萬三云九四萬三人名数目對偶甚切玉缸金虎皆與中故事末句盖謂榮國公姚廣孝也幼嘗爲僧名道衍

先生題李都督虎詩云陰風颼颼振林木百獸魂飛草中伏舉首爲旗尾作旄白晝横行誰敢觸汝虎雖

猛何如人愼勿夜逢李將軍將軍射石尙沒羽薄肉淺毛何足数嘗聞人言吳中張孟端曰先生題李都督虎詩雜於十華伯諸名人詩中正猶小兒戰栗于大人之旁耳

郭功甫與王荆公登鳳凰臺追次李太白韻功甫援筆立成一座盡傾其詩云高臺不見鳳凰游浩浩長江入海流舞罷青娥同去國戰殘白骨尙盈邱風摇落日催行棹湖擁新沙換故洲結綺臨春無覓處年

年燕草向人愁先生寓金陵與友人遊臺上和太白韻詩云鳳凰臺上共春遊詩思渺渺似水流仙女吹簫來碧落羽人乘化下丹邱等閑俯仰成千古取次翱翔遍十洲酒入壯懷豪興發豈知人世有窮愁又有和太白韻寄題金陵詩云昔年曾作鳳臺遊萬里長江入望流龍虎峙形長擁闕金銀厭氣謾成邱眼空八表人間世興寄三山海上洲却笑古人多事在烟波雲日起閑愁烟波雲日用崔灝黃鶴樓李白鳳

凰臺兩詩末句昔人謂崔李眞敵手棋今觀先生詩較功甫所作豈但敵之而已哉其氣象豪邁詞語雄壯功甫盖瞠乎其後矣

岳武穆之死人皆悲之往往形諸歌詠今精忠録所載亡慮数千百首然爲世所稱許者葉經翁趙子昂潘子素数詩而已然皆責秦檜而不責高宗先生之詩獨不然以爲高宗非幼弱昏昧之主檜非承其意決不敢殺其大將藉使檜矯詔殺之則高宗必可欺

而藏也嘗作沁園春調一闋書於武穆廟其詞曰爲國除患爲敵報讐可恨堪哀顧當時乾坤是誰境界君親何處幾許人才萬死間關十年血戰端的孜孜爲甚來何須苦把長城自壞柱石潛摧　雖然天道恢恢柰人衆將天构轉囬歎黃龍府裏未行賀酒朱仙鎮上先奉追牌共戴讐天卉拔死地天理人心安在哉英雄恨向萬年千載永不沉埋說者謂此詞可與文山題睢陽廟詞並傳其知言也哉蓋文山之詞

以警世之爲人臣者先生之詞以警世之爲人君者雖曰詞章之作其所關係豈小小哉先生又有題武穆墳詩詞極警拔其詞曰我聞岳王之墳西湖上至今林梓皆南向草木猶知表藎臣君王乃爾崇奸相青衣行酒誰家親十年血戰爲誰人忠勳翻見遭殺戮胡兒未必能亡秦嗚呼臣飛死臣俊喜臣浚無言世忠罷檜晝夜報四太子臣構拜詔從此始

先生仍過梅關題張丞相廟詩云平生夢想曲江公

五百年來間氣鍾行客不知經世業往來惟羨道旁松昔人題丞相祠者多言其功業智識先生獨詠其所植之松雖不言其功業智識而其功業智識溢于言辭之表丞相終于唐開元二年至是踰五百年而先生生焉是詩其孟子所謂則亦無有乎爾者哉先生少時有夜坐和張曲江感遇詩四首其一曰空齋坐幽獨夜氣澹以清冥心古聖賢悠哉怡我情天機一何深神理亦已精云胡契其妙勉旃惟思誠其二

曰鳳凰翔千仞枳棘安足顧一朝覽德輝栖止梧桐樹飛鳴恒自由羅網豈能懼三靈爲我儔百鳥莫予惡笑彼冥飛鴻猶爲弋人慕其三曰南極有名相風度邈難得鴟梟群刺天孤鳳戢其翼韶右隹山水因之增秀色班班青史間流芳靡終極莊誦感遇詩臨風三嘆息其四曰深源無淺流高樹無卑枝人生天地間奮發須有爲不見東注波逝者恒如斯中心苟有盡外物非所知嗟爾亡年者紛紛多路岐當先生

和此詩時曲江全集猶未梓行於世先生之所見者惟此数詩故其所和止此曲江感遇詩盖不止此也竊嘗論之曲江之有文獻猶瓊山之有先生也文獻之顯於唐猶先生之顯於今也是則先生之詩與曲江之詩並傳於天下後世無疑矣

宮詞古今作者多矣然自唐人後住者無幾先生嘗擬作宮詞数十首皆失其稱今惟存其一二其一云衾裯疊疊積塵埃何處宮門徹夜開自外履綦纔入

夢雞聲又到枕邊來蓋衾裯久虛塵埃日積宮門夜
開歌舞之聲不知在於何處於斯時也舒枕就床與
或一夢奈何君王之履聲纔至牎外而報曉之雞聲
又到枕邊衷曲之私無由得遂寂寞之態不言可知
肰怨而不怒有不盡之意無窮之思先生平日所作
詩詞諸體皆備竊意其絕句高如此篇者何可多得
也聞之長老洪武初有某給事中嘗作宮詞有曰宮
殿深沉晝漏清玉階芳草伴愁生夢中纔得君王見

又被流鶯叫一聲意思固妙肰詞語迫切怨而且怒視先生之詩其詞氣爲何如先生又有宮詞一首云娟娟霜月冷侵床宮漏沉沉抵夜長正自凄凉眠不得又聞歌吹過昭陽亦可與前詩並觀先生之詩其絕句率多類此如閨怨詩云膏粱無味管絃哀欲候歸舟怕上臺羨殺春江潮有信等閑朝去夕還來夫膏粱美味也今食之而無味管絃樂聲也今聞之而生哀歸舟待至次矣之而怕上望江之臺恐望之不

見愈生悲戚羨春江之潮朝去夕來恒不爽信始雖極其哀怨終則歸於脫灑詩意之妙至于如此哉又有閨怨春閨曉閨數首語皆可喜曉閨一意而成尤爲可愛今次第録於左其閨怨詩云百歲光陰能幾時年年何事苦相違恨人不似巢梁燕一度春來一度歸春閨詩其一云春雨池塘草發芽春風庭院柳飛花韶光尚有歸時節何事遊人未到家其二云舊歲花殘今又開去年人去幾曾來不知明歲花時節

人在天涯皿未回曉閨詩云曉起梳粧傍鏡臺忽聞一陣好香來急呼侍女推窻看定是薔薇昨夜開三詩皆少年所作

正統丁卯先生會試春官舟過鄱陽遥望匡山因憶解學士弔李白詩戲作古詩以詠之按解公詩曰吾聞學士眞風流豪氣直與元氣侔金鑾歘上拜天子呼叱寵倖如蒼頭楊貴妃捧硯石高力士脫鞾兇乎生落魄贏得虛名晋也曾推碎黃鶴樓也曾趯翻鸚

鵝洲也曾棄却五花馬也曾不惜千金裘呼兒換取采石酒花間滿泛黃金巵醉來問明月月映金波流大呼陽侯出江海騎鯨直向北極游我來采石日已暮潮生牛渚聊艤舟白浪一江雪滚滚黃蘆兩岸風颼颼我欲起學士相與更唱酬恐驚水底魚龍眠不得天上星斗散亂難爲收草草畱題吊學士學士不須咲吾儕磊落與爾俱同儔先生詩曰舟次吳城[illegible]遥望彭蠡湖匡廬五老時隱現大孤小孤如有無眼

巾鞋山青兀兀世間安得許大足始信防風氏眞有爭車骨不知天公肯借不我欲躡之湖海遊等閑踏碎黃鶴樓等閑趯翻鸚鵡洲驚醒釆石李觴起來陽桂更遊赤壁邀老穫倡和鳳凰臺上驚人句鳳凰臺江之東龍蟠虎踞高隆隆脫鞋濯足大江水鳴玉矩步朝　九重一詩皆氣雄語壯非他人所可及然移踏碎黃鶴樓趯翻鸚鵡洲一語以詠鞋山則意思親切過於公泛泛然之言矣先生是年過釆石亦有弔

太白詩云朶石江頭黃土一坏東有蛾眉亭西有謫
仙樓謫仙一去不復返惟有江水日夜流人生一世
幾何久不如眼前一杯酒饑來文字不堪飡死後虛
名竟何有請君看此李謫仙掀揭宇宙聲轟肽長安
市上眠不足常來朶石江頭眠百世兖陰一大夢僉
天枕地無人共寧知浩浩長江流不是醽醁春酒甕
此翁自是太白精星月自合相隨行當時落水非失
脚直駕長鯨歸紫青至人雖死神不滅終古長與伴

明月先生是詩可與太白解公之詩並傳於世矣三子者異世而同符者也

明妃曲古今所稱者歐陽王荆公数篇朕嘗讀荆公之作見其所謂漢恩自淺胡自深人生樂在相知心之句未嘗不爲之嘆惜夫發乎性情止乎禮義朕後足以爲詩苟蕩其情而不止於禮義則何詩之足云夫人之相與顧禮義何如耳苟徒以恩之淺深以爲相知相樂而不復知有禮義可乎昔人嘗論君門九

重開終當捽臂入之句爲此詩者必不忠晃於公此詩亦云一日有人謂先生以明妃圖來題先生題其上云功德施夷夏聲名播古今人言漢恩淺妾感漢恩深今以先生詩與荆公詩並觀則其高下淺深槩可識矣先生又有明妃曲三首其一首云塞雪凋宮鬢胡霜裂漢裙畫工雖可恨不似奉春君蓋言漢裙宮鬢不勝胡霜塞雪之凋裂當此之時如毛延壽固爲可恨朕作[redacted]和親者劉敬尤爲可恨也詩總二十

字耳而其含蓄深遠如此其二云嬌態能傾國娥眉解殺人妾身亦何幸為國靖邊塵蓋言自昔寵幸之人皆有害於家國明妃獨以不見寵幸下嫁胡人而有功於漢也其三云骨已成胡土魂猶戀漢庭千年遺恨在孤塚草青青蓋言明妃戀漢庭而至死不忘他日又題明妃圖二首其一云妲己能亡紂褒妃解滅周妾行如靖虜此外復何求亦猶前篇第二章之意其二云使回煩寄語莫殺毛延壽君王或夢思畫

蓋商巖叟則引君求賢之意又有一絶云莫向西方怨畫師從來暘谷日先遺當時不遇毛延壽老死深宮誰得知此又翻案體詩之出奇者

先生嘗與公卿會飲座中有彈箏者作白翎雀曲即俗所謂海青打鵝也因話及元事口占一詩云胡運消沉漢道興獯車宵遁土城平興隆無復殘笙譜劈正誰知舊斧名起輦谷前駝馬迹居庸關裏子規聲不堪亡國音猶在促数繁絃叶白翎按洪武戊申春

徐魏公常鄭公與諸將會於臨清集克元都順帝集
三宮后妃皇太子同議避兵北行夜半開建德門北
奔而元亡矣興隆笙其制偃衆管於柔帛以象大匏
上鼓二帛橐按其管則簧鳴簨首爲二孔雀笙鳴機
動則應而舞元時設于大明殿下凡燕會之日此笙
一鳴衆樂皆作笙止樂亦隨止劈正斧以蒼水玉碾
造高二尺有奇廣半之偏地文藻燦然元制天子登
極正旦天壽節御大明殿會朝時則一人執之立於

陛下酒海之前廻輦谷元陵寢所在元人不用囷山之制隗穵之後耶以駝馬蹕平之令後人不知其處又至正十六年有子規啼於居庸關所謂白翎雀者生於烏桓朔漠之地雌雄和鳴自得其樂世祖命伶人碩德閭製曲以名之曰白翎雀曲者元之教坊大樂也始雖雍容和緩終則急躁繁促殊無有餘不盡之意記曰樂以象成胡人之氣象大抵似之

先生嘗與友人馮元吉夜宿江館元吉誦宋人周明

老趙龜山迴文詩爲先生兩和其韻先生和之兀言擊節歎賞以爲非明老所及明老詩曰潮隨晗浪雪山傾遠浦漁舟釣月明橋對寺門松逕小檻當泉眼石波清迢迢綠水連天碧藹藹紅霞映日晴遙望四郊雲接海碧波千點數鷗輕先生詩曰潮生海岸雨崖傾落月江楓映火明橋透白波流水遠屋連紅樹帶霜清迢迢漏盡寒更曉片片雲收夜雨晴遙望楚天江湫湫菱蒲盡處落鴻輕明老語意固有可喜者

但其中潮浪浦泉波水莽字太多不免重複既曰水連天又曰雲接海一意而兩出矣當漁舟鈎月之際安得紅霞映日乎先觀明老之詩後觀先生之詩信乎先生非明老所及也

詩有三聯疊字者如古詩云青青河畔草鬱鬱園中柳盈盈樓上女皎皎當窗牖娥娥紅粉粧纖纖出素手是也有七聯疊字者如昌黎南山詩云延延離又屬尺尺叛還遘喁喁魚闖萍落落月經宿誾誾樹墻

垣巘巘架庫鹿參參削斂戟煥煥衒瑩秀敷敷花披蕚闟闟屋摧霤悠悠舒而安兀兀徃以狃超超出猶奔蠢蠢駭不懲是也至於詞則不多見惟李易安詞云尋尋覓覓冷冷清清淒淒慘慘戚戚朕起頭連疊七字而已非通篇疊字也詞之通篇疊字若晃惟於先生見之先生少年嘗以旅思爲題作滿庭芳詞云歲歲年年時時處處紛紛擾擾膠膠凄凄慘慘瑟瑟更蕭蕭日日風風雨雨毋霏霏拂拂迢迢懸望波波浪

浪苦蕩蕩飄颻　愁愁兼悶悶重重疊疊遠遠遙遙
漫悠悠漾漾動動搖搖切切尋尋覓覓長戚戚寂寂
寥寥心心念念思思想想幾暮暮朝朝可謂奇而奇
者也先生凡作詩詞甚易至于歌行詞曲尤不廢思
索而成非徒成篇章文可誦而可傳也每見人所作
有不愜意者輒因其題別作數篇往往多不存稿如
此等詩詞何翅千百甚可惜哉甚可惜哉
虎丘寺可中庭古今題詠頗多吳人稱聶大年詩爲

第一其辭云三年不到可中庭此日題詩酒半醒華表鶴歸城郭是劍池龍去水雲腥天垂碧海僧初定地布黃金佛有靈一咲相看下山去斷崖高樹倚空青說者謂其太泛若去首一句則雖他處皆可通用先生亦嘗有詩寄可中庭云玉宇澄清寶界平一庭寒影恰相應柱頭千載歸來鶴石上三生過去僧蟾窟依肰充滿滿虎丘空有氣騰騰生公說法神聽處此日來遊記我曾玉宇天也寶界寺也寒影月也恰

相應可也一庭寒影恰相應雖不待思索題意自見矣且其中所用名虎丘事皆不可移於他處似乎當以此詩爲第一此日來游一本作五百年前

冕聞瓊人言先生初領鄉薦歸有司爲立石爲坊以表異之命工取石於山有鉅石植立於群石中工師率群工拽倒之忽見石上有登雲二大字細視之其旁又有天下太平四小字其山高峻人跡罕至而乃有此豈賢人君子將用於世而天先以示之耶非偶

然也先生當府作律詩一首紀其異兆惟聞其一聯及結句云其聯云雲根前示登雲兆月窟新成步月梯其結云行人不用頻頻羨門外行看又築堤冕以先生今日驗之信非偶然者矣

世傳桃源事多過其實如王摩詰劉夢得韓退之作桃源行皆惑於神仙之說唯王介甫指爲避秦之人爲得淵明桃源記意先生亦甞作桃源行則又以爲楚人避秦來居於此意尤新奇蓋桃源本楚地也其

詞云桃花片片隨流水漁郎誤人桃源裏水盡山開
忽見天地靜居幽俗淳美忽肸相見驚且疑是人是
鬼公邪私曾聞長老談往事莫是築城人遁歸詢問
方知秦運訖世歷三朝年六百當時但道秦人強誰
知更有強秦國自言家世本楚人六國滅盡吞於秦
懷王不歸負芻虜至今猶說春申君征誅百出無窮
已武關道上人如蟻深山深處幸逃生免作長城城
下鬼自耕自食無拘攣舉頭但看青青天盐筴不通

惟食淡山中無曆豈知年自入山來忘世代故老消磨童稚大此事前人亦未聞四首相看增感慨增感慨將何言山間未必如世間世間無柰苦多事不如山間聊苟全嗚呼人生不幸逢末世不見唐虞泰和治含哺而嬉鼓腹遊世間不與山無異所謂武關者自楚入秦之地先生又有綠珠行云交州使者洛陽客白日刼商富財帛金鞍寶馬擁旌旄萬里南行日南國征車曉過古白州江山秀麗多嬌柔不惜明珠

三十斗買得佳人如莫愁歸來金谷園中住鎮日張筵盛歌舞手心擎出夜光珠回視群姬等泥土四時行樂春復春懽笑不知天有晨豈知我愛人亦愛側邊已有窺伺人鵰生池底中台坼白晝中原行鬼蜮黃金無權錢不神欲庇嬋娟苦無策高樓重重舞且歌樂思何如憂思多按圖索驥朋必得珠兮珠兮柰爾何柰爾何爲爾死恩愛誰知止於此恐教白璧屬他人注日相看淚如洗君以貌愛妾妾以心事君寧

在君前死爲鬼不向賊邊生作人百尺樓頭不見地
奮身一躍翻空墜三斛明珠𢽾一珠一朝紛紛如粉
碎誰知荒僻山海涯天亦生此明媚姿不獨貌妍心
亦正嗚呼但恨不似後來金源氏之葛王妃末句以
葛王妃事斷之其處置尤著如此詩詞肸後有關世
教不爲徒作

瓊臺先生詩話卷下凡二十三則　裔孫名邦重訂

西粤蔣冕著　茂苑許自昌校
閩同張瓘訂　瓊臺孫兆昌期昌錄

無題詩自唐李商隱而後作者代有其人然不傷於誣則傷於淫且詞晦旨幽使人讀之茫不知其意味所在南京童給事中志昂嘗和商隱無題詩韻劉欽謨諸公亦多和之間以屬先生和先生曰予村學究也不能外題以三詠史以後之其一曰大雅無

人繼古風。周家轍迹一朝東。越裳白雉音塵隔。庸蜀金牛道路通。烏首百年終不白。宮烟三月尚餘紅。淳風久去無回日。天下紛紛類轉蓬。其二曰。莫向鴻溝覓舊蹤。一場春夢五更鐘。也知賜臨緣情薄。豈是分羹愛味濃。萬里使槎來苜蓿。半空仙掌出芙蓉。濛濛黃霧連天起。不見秦關百二重。其三曰。一自銅仙入洛來。天開草昧幾雲雷。千年晉水飛龍起。午夜周宮控鶴回。山下玉環啼粉面。嶺南金鏡憶良才。金陵不

鎖俏歸蜀眞信人間有刼灰其四氏紛紛國步苦艱
難汗簡千年往事幾甲馬營中香氣散黃龍堆上來
翎乾金源運去讐方復翹輦魂驚骨已寒日月齊肩
終古見嬰天光彩萬方看意以大雅不作古風寖衰
周家轍迹一朝而東三代之盛不復可觀越裳之雉
亓塵既隔四夷無復來王五丁力士開通西蜀而秦
之伯圖起矣王於荊軻入秦一夾不歸於是六國悉
爲秦有焚書坑儒流毒海內煨燼之餘六經晦塞朕

博士之藏猶幸其有存者柰何楚人一炬三月尚紅而煨燼之所餘者無幾矣淳風既泯天下紛紛屢更豈不猶轉蓬也哉自鴻溝剖斷漢楚兩立於斯之時猶一塲之夢五更之鐘焉耳幸而漢祖滅秦吞項安定四方夫何賜辟臣臨而君臣之義薄分一杯羹而父子之情乖垂統之君既如此則繼統之君從可知矣至于武帝遣張騫通西南夷以圖遠功作仙人掌擎承雲盤以求神異漢業之衰於是始萌迨永始之

際五侯既封黃霧四塞而秦關之險遂爲新莽之所竊據焉及夫魏明帝載銅仙入洛天下英雄蜂起角逐於是不知幾年矣高祖起晉陽而唐業興則天僭大號而唐業衰至於玄宗之時貴妃既幸九齡既放唐之天下遂不可支陵遲至廣明之亂殺人數十萬血流遍野於斯時也胡僧所謂人間有刼灰豈不信哉紛紛擾擾國步艱難非一日矣宋藝祖生于馬營中聿受周禪而有天下至於二帝北遷幽于黃龍堆

上高宗南渡訖不能復父兄之讐迨天訖其運其伉方復元居中國幾於百年天厭夷德我聖祖出焉掃清禍亂復我疆宇是時起輦谷之魂始驚而其骨已寒矣起輦谷元陵寢所在也今則日月並明萬方仰戴元人之讖於是驗矣蓋先生之詩無一句不可解無一言無出處眞有古作者之風焉近代評詩者謂詩至于不可解然後爲妙夫詩美教化厚風俗示勸戒然後足以爲詩詩而至于不可解是

何說耶且三百篇何嘗有不可解者哉抑昔人詠史詩多是直述其事而押以韻說者謂爲押韻史書今先生此詩皆意在言外雖不直述其事其事亦未始不明白可知近時詩人咸稱四明張式之江陰卞華伯臨川聶大年之數子者詩非不美然求其足以勸戒感發如此數篇者胡可多得巨眼之人自當識之

中秋月先生嘗與客玩月於中庭客誦楊眉菴十四夜至十七夜詩先生言其詩多有不切題可以移之

他月看客屬先生別作先生略不經意即席而成四首十四夜詩云佳期明夜是中秋豫約同登待月樓慶數期於三五望精華仍有一分留含輝尚覺金波淺共體還須玉斧脩莫向尊前嗟未滿從來盈滿却堪憂十五夜詩云九十秋光此夜分一年月色更無倫東西望處日回道上下弦間光滿輪玉斧修完無欠缺仙娥粧具倍精神盃中好吸團圓影明夜重看少可人十六夜詩云昨夜纔開賞月筵今宵再見覺

微偏廣寒宮減一分景后羿妻添二八年隔宿光明那邊必隨時情態易爲遷餘醒未解重歡賞何用區區較缺圓十七夜詩云光景虧於兩日前空庭信宿罷華遊金蟇影歛初生魄仙桂香銷欲下弦望後未經三十度出時已是一更天休辭連夜頻頻賞從此寒光不再圓先生之詩意圓句妥第一句譬則經義之破題二句則承題也三四五六則講題而七八則結題焉精密親切轉移不動其視眉庵詩中所謂自

對嫦娥歌宛宛誰教楊柳舞纖纖繞樹鵲驚霜落早吹簫人恨夜眠遲等句移之他夜皆可通用若識者當以爲如何蓋眉庵語意雖奇然不如先生之工也大抵詠物之詩殊不易作然在先生之作則宜無難者其才之通變無一不能也　先生嘗閱謝宗可詩有有無題詩者數首先生誦之今遺其稿浮生夢春陰二首其浮生夢詩云人生浮泛似萍蓬得失悲歡總是空出口孰非噲囈語行身常在黑甜中光陰冉

卄炊粱熟世事遷遷化蝶同畢竟何時是真覺華胥
國裏兒郎公此詩末句最妙黃帝孔子之夢皆以覺
爲夢先生反其事則以夢爲覺也其春陰詩云一春
常是晝昏昏景色三分減二分別院飛鶯銜宿霧遥
空歸雁叫重雲踏花庭畔難尋影隨鄉江邊不覺聽
天意似晴還似雨擬將早晚問東君眉庵詩附見於
此十四夜詩云仙家玉斧斲猶偏天上瓊樓看欲全
未滿固當勝旣滿已圓終不似將圓今宵對影人先

醉明月感珠蚌有緣惆悵吳宮與唐殿冷風魚鑰夜如年十五夜詩云龍宮浮出白蓮花海宇通明濕素霞琪樹有陰銀闕冷玉盤無鈌絳河斜十分夜色如開鏡多少離人正憶家但舉觥籌行百罰莫聽更鼓疊三過十六夜詩云已覺來遲未捲簾漸經樓閣照東簷清光念爾隨秋減白髮憐予向晚添自對嫦娥歌宛宛誰教楊柳舞纖纖昇州憶似鄜州看香霧雲鬟濕翠奩十七夜詩云坐久星繁影漸虧也應天轉

玉輪歆葵邱伯主初盟後天寶君王欲倦時繞樹鵲驚霜落早吹簫人恨夜眠遲不須戚戚悲貞缺長使清光灩酒卮

先生平生於功名初無患得患失之心蓋其大志素定自壯至老始終一節故雖以豪傑之才經濟之學而再佀名場畧無嗟怨之意凡其發於言辭形於聲詩皆優游自得而畧不累於功名先生正統甲子以禮經發解廣東戊辰辛未會試皆得校官辭不就其

未發第也、皆曾作詩以自慰、晁惟記、其辛未所作之律、其一云、一哄出都門。薰風正晏温。逍遥閑歲月。俯仰舊乾坤。戀闕心徒切。談天舌謾存。滿懷今古事。誰可細評論。其二曰、萬里一遊人。自憐還自嗔。無錢堪使鬼。下筆或通神。熟識琴中趣。空懷席上珍。欲憑詹尹卜。如我豈長貧。其三云、壯志冷於灰。歸心疾似飛。白雲長在望。清淚欲沾衣。五月收新植。三春采嫩薇。故鄉雖僻遠。生計未爲微。音思深遠、詞氣和平、而無

迫切之態其與唐人情如刀劍將淚見花等句其相
模氣象豈不大有逕庭哉其中奚呂元啓近時之人
也與先生最厚嘗以其下第所作詩陳於先生至有
沙鷗欺人故傍船之句先生哂之元啓曰先生亦嘗
下第恐不能無此意先生因覓舊稿僅得此三律示
之元啓大愧服見惟先生景泰甲戌已高登甲第在
翰林爲名學士在太學爲名祭酒自其立朝之初而
名已聞於四海朝鮮國人見先生從張中書使其國

詩用魚鱉成橋事嘆曰自古詩人未有用此者因詢先生之容貌出處而以不得一見為恨而元啓自正統甲子鄉薦至成化己丑會試方得一第肰竟未受一官而身已不起矣古人謂詩可以觀人豈不肰乎送張中書詩云王節煌煌照海東羨君去意拂晴虹鳳麟瑞世人爭覩魚鱉成橋道自通天入玄菟低沒鶻江浮綠鴨潑蜚鴻茲行喜從文章客多少豪吟倡和同是詩也雄壯豪宕讀者自當見之先生送人使

外國詩大槩類此謹以冕所見者備錄于左其送陳脩撰使高麗詩云海上天風吹節旄玉堂仙客錦宮袍詔頒龍闕恩初下詩到雞林價倍高萬仞鰲金浮曉日一江鴨綠漲秋濤遠夷未識中原鳳爭覩文章五色毛送祁郎中詩云鸞鵠天書五色裁中原使者下天來白山綠水玄菟境玉佩瓊琚綺席右絕域喜霑新雨露遠人驚見一鐏罍懸知不是乘槎客肯帶蒲萄苜蓿回又有送凌尚寶使交南詩云旭日初昇

萬國明銀函玉札下南冥符臺自昔瞻縣用遠道于
今望使星老樹古香生桂蠹亂山殘雨帶龍腥茲行
萬里真奇絕好把新詩紀所經送錢學士詩云五色
天書寶作函手持龍節使交南玉堂金馬才名重丹
檄朱鳶德化覃一點文星明海島萬山晴日歛烟嵐
歸來應有詩千首留與詞林作美談送王給事中詩
云中原才子稱華簪萬里翺翔快壯心論俗婦傳句
馬嶺歸裝寧載尉陀金川原遼邈荒唐縣父老依稀

說漢音莫過遺墟問前事鷓鴣啼處亂山深冕又聞先生言彭閣老見此詩問其末句意欲如何先生曰鷓鴣聲只行不得也哥哥

元浦陽吳清翁嘗僦月泉吟社延致鄉遺老方鳳謝翱吳思齊輩主於家至元丙戌小春望日以春日田園雜興為題預以書告淛東西以詩鳴者令各賦五七言律詩至丁亥正月望日收卷月終收得二千七百三十五卷清翁乃屬方公輩品評之選中二百八

十人三月三日揭榜其第一名贈公服羅一縑筆五
貼墨五笏第二名至五十名贈送有差清翁乃錄其
選中者之詩自一人至六十人總得詩七十二首又
摘出其餘諸人佳句與其贈物回謝小啓及其事之
始末爲一帙而板行之其一名羅公福詩云老我無
心出市朝東風林壑自逍遙一犁好雨秧初種幾道
寒泉藥旋澆放犢曉登雲外壠聽鶯時立柳邊橋池
塘見說生新艸已許吟魂入夢招先生偶閱其詩見

侍爲其詩多有不滿先生意者冕請先生和爲先生口占四首命冕書之畧不更易一字其一云二月春融土脉甦廻時農圃正耕鋤曉犂破草翻新塊晴壟分泉養嫩蔬鵓鴣飛來牛背立鴉鵲對向樹頭呼老妻携酒花間勸醉倒殘陽手就扶其二云生意津津樂趣深一犂春雨萬家金繞畦菜莢初生甲出水秧苗漸露針藻荇泚心魚撥動花藏葉底蝶穿尋就中興思知多少盡是東皇發育心其三云二頃湖田五

畝園百年世業遺兒孫風和鶯語笙簧巧雨過蛙聲鼓吹喧木屐穿花沾露濕桔槔斟水帶泥渾老妻報道茅柴熟相約鄰翁醉竹根其四曰漠漠平疇沙鷺飛呦呦樊圃野鶯啼綠針白水秧千畝黃蝶青臺菜幾畦腳踏莓苔隨意往手持竹杖與眉齊興來獨得幽閒趣滿眼春光取次題先生之詩凡寫景物皆如目見若此數詩於春日田園間興趣無不盡其妙處豈尋常想像者所能道哉冕嘗於仲春焚香靜室几

坐其中誦先生詩想像其趣恍肰若至一處有田有園游魚戲蝶各適其性萊甲秧針咸遂其生村夫見予喜溢顔面相與荷梜箬屐踏莓苔穿畎畝間觀牛背鴝鵒楙頭鶖鴋嘆息東皇發生長育之心忽聞鶯語笙簧蛙鳴鼓吹村夫酌予酒于華間予辭不飲索筆題詩數篇一唉而罷尋舊道歸而不知身之在室中也默然者久之昔聞少陵詩可愈瘧疾今誦先生詩能令人得田園趣詩哉詩哉

先生自少有大志故雖未登仕版而忠君憂國之情已畧見於詩詞間正統己巳　車駕北狩先生作擣衣曲以寓意其詞云凉飈透牎紗蕭蕭弄秋色妾在江南尙不堪況君遠在陰山北風吹妾身寒妾念君衣單起來擣衣明月下不辭骨力摧心肝一聲孤悶添兩聲雙淚墮三聲四聲情轉多無數離愁搥不破須臾擣到千萬聲中有萬恨千愁并不知游子在萬里今夜魂神寧不平又擬古作選詩四首其一云江

南秋風至草木變焜黃淅淅吹妾衣使妾增悲涼悲涼知爲誰良人在沙塲暮聽胡馬嘶朝看胡鴈翔饑飡風中糜渴飲雪下漿羊角衛地起沙礫爭飛揚回首望故鄉長天但茫茫豈無肥與甘亦有衣與裳妾心空惻惻路遠莫寄將北望長太息涕淚如雨滂幾欲往從之河廣無舟梁仰天籲上帝矢心期不忘但願南風競吹君來妾旁其二

云燕集高堂上衆味羅琢羞觥籌互交錯樂矣忘其憂清醑飲桑落妙聲發

吳謳寶扈噴清烟芬芳襲輕裘肥醲正猒飲文錦何溫柔獨念良人苦遠戍陰山頭黃茅連白沙風雪寒颼颼凍雀飛不起依樹鳴啁啾馬毛縮如蝟髀肉胝不周焦裘煖如烘湩酪清如油君身千萬艱妾心千萬愁憂寐或見之道路阻且脩願言早成功諸將各封侯良人竟童來紅日照九州其三云佇依重依依不忍空別離別離已可悲况値秋風時柳衰不堪折情苦不堪說願妾爲小星君身化明月明月貼天飛

小星恒相隨月出星隨出月歸星亦歸莫學秋胡妻相逢不相識生若固可慚死若亦何益其四云白日日已晚行人日已遠秋風又重來行人猶未返飀飀朔風寒行人衣應單世無杞梁妻千載徒悲酸昔人謂杜少陵一飯不忘君先生以之

歲甲午先生起復重過新河有感因作一詩云江東門外上新河二十年前舊此過兩岸居民生計別一時交友亦人多賡前度句今誰在聽隔江歌柰久何

記得倚樓愁絕處半江殘月與烟波唐人詩云前度劉郎今又來又云隔江猶唱後庭花以前度句對隔江歌而以賡聽二字夾於其上自是一種新句法

先生甲午除夕詩云歲事又云暮歸程未有期想應兒女輩此際正相思功業知難就精神覺漸衰便從明日起奮發莫遲疑盍當客途歲暮欲歸無期見女至親遠在鄉國况又功業未就精神漸衰在他人處此鮮有不憂憤者而先生便欲奮發莫有遲疑則其

自強之功何嘗一日息乎又云歲去何勞守春來不用追明朝想今夜便是隔年期歲月添中減人情黠處癡元正與除夕相去幾多時蓋人一世壽止於百添一歲則減一歲矣故曰歲月添中減凡人事於利處必有所害於得處必有所失凡其黠者卽其癡矣故曰人情黠處癡又云守到三更盡充陰去莫攀心馳萬里外愁界兩年間客裏情懷惡燈前鬢影斑幸哉窮不死又得覩

龍顏盡歲除之夕守到三更則舊歲方去新歲將來客在萬里其心當何如哉故曰愁界兩年間且語句精切轉移不動與昔人所稱關河先擊遠天地小臣孤鬢短愁催白顏衰酒借紅等句異矣又有云去歲當今夜停車寓古邑今年在京邸明日拜天門把酒懷兒女連床憶弟昆家鄉千萬里注想黯銷魂又云老境駸尋至憂眉取次攢一年行已盡此夜度偏難世事轉頭別功名袖手觀捫心了無怍俯面一長嘆

又云節序三冬盡鄉關萬里遥一年餘此日百歲幾今宵天暝雲垂地春四斗轉杓孤燈伴岑寂坐待五更朝皆佳製也

丁酉春先生偶書一詩云五十年來加七歲古稀相去十三年飽諳世味只如此痛絶塵緣任自然舉世不爲齊客瑟後人或取蜀儒玄人生但得平平過平用標詞更問天先生爲人天性剛决不肯依阿淟涊與世浮沉而世若書五言以待後世故有取於齊客

瑟蜀儒玄云

成化己亥正月十日大祀南郊先生奉命分獻中鎮

及歸作詩云

聖皇秩祀莅郊壇分獻今年得霍山奠璧禮行金闕

下燔柴烟起彩雲間淸風颯颯隨神至瑞雪飄飄擁

駕還明日慶成應錫宴奉天殿上侍

龍顏前代郊天皆設壇壝今制以殿宇代之奠璧之

禮寔行其間故曰奠璧禮行金闕下先生爲學士時

九大祀皆已與執事於其間是年則以祭酒陪祀云歲庚子先生曰占鵓鴣天詞云老子明年六十齊百年光景日頭西幸無疑病兼寒病免得花迷更酒迷知痛癢識高低平生作事不曉蹊從今好閉雌黃口再莫人前浪品題先生平生未嘗一日卧病或有病焉不過心思忡忡而已蓋由先生不嗜慾不飲酒未病之先既無不謹或覺體之不寧也又能和調安養不致成疾以故精力不倦　神清爽職務稍暇又有

餘功著書立言以圖不朽豈吉人君子天固賦以五徤之資而又黠有以相之歟所謂牵無熱病兼寒病免得花迷更酒迷非虛語也末二句蓋自警之意年雖將老而戒懼之心不衰與武公抑詩同一揆也

先生嘗作羅都御史輓詩叙事詳明造辭峻潔足爲一代之詩史按羅公名亨信字尚實年城之東莞人由進士起家至前官嘗奉命巡撫宣府地方正統己巳北虜深入當道者建議趣召宣府總戎官率兵入

衛京師或欲遂棄其城衆紛然爭就道時公乃毅然仗劍坐當門扼之且下令曰敢有出者手斬之衆遂定口外人至今能言之其詩曰六龍北狩無消息邊城四望狼烟赤胡馬長驅去復來何人却建捐邊策鎮朔將軍生入關北門鎖鑰空餘鑼強兵健馬盡西走黃塵蔽日天漫漫白首憲臣南海客手持一劍當門立拏與孤城同死生怒髮衝冠氣千尺車輪生角馬駐蹄居人不動行人歸叱咤之間樓櫓具金城鐵

壁湯爲池雲州失守赤城破胡兒蹋足城邊過老妻稚子盡登陴公亦援砲臺中坐山前山後無数城此城屹立如巨屏虜騎南來資扼塞王師北出侍屯營屏蔽京師功卓偉設有長城長萬里江淮果賴張眞源河朔僅餘顏御史憂國勞邊兩鬢霜事成乞骨歸故鄉肘金腰玉者塞路無人上書訟陳湯一葉扁舟五湖水漲海邊頭亂山裏折簡不通朝貴書抱膝長吟聊爾爾羅浮山崩天墜星乾坤一夜收英靈公兮

生歿已無愧邊人至今嗟未平邊人能言不能紀斬
我鄉生官太史聊述人言作些詞書罷長歌淚如洗
先生允爲歌行雖不拘拘效唐人之鍊字鍊句然隨
意所至信筆疾書每篇皆理到意工音響激切自足
以成一家之言以鳴國家之盛但其所作雖多所存
無幾爲可惜耳
先生嘗爲莆田許處士作懶詩可與希夷對御歌並
觀詩曰莆田有懶士踵門求懶詩君但懶于事我乃

懶於詞君來索詩日數次我欲揮毫俄又廢看來我更懶於君所以深知懶中味懶中滋味人少知第一是閑次是睡古人何人最好閑陶令棄官江上還閑中更作閑情賦胡爲屑屑不憚煩古人何人最好睡老搏翻身驢下墜睡餘却詠好睡歌何乃勞勞愛多事問君之懶何如哉曰吾喪我忘形骸過午枕頭方擁被一春屐齒不沾苔也不學莊叟逍遥遊也不學龐老團圞坐任他門外事如天管甚鄰家燈是火千

呼萬喚纔欠伸十廻九轉難出門時人但見應世懶就裏誰知學道勤一年三百六十日日十二時時八刻閉門撤蓮紫河車畢竟勤邪是懶邪許丹客也故末句云然

奚元啓一日謁先生於官舍方坐間適值人來爲舉于張紀求輓詩先生援筆而成其詞云故鄉迢遞客居貧苦爲功名欲顯親畢竟十年成底事等閑一第是何人燈窗枉費平生力旅櫬空歸旣歿身想得難

兄聞爾計西風老淚正沾襟元啓觀未竟揖先生曰後一聯予勉強或能爲之前一聯雖勉強十年不能爲也朗吟数過共相與一咲而已元啓平日自負能詩不肯服人而於先生詩獨深服如此又晃常侍先生適王濟之編脩來謁坐定語及詩濟之曰曾在淮陰見先生挽畢義士詩其中一聯云晉鄙盡薰陽子德邾人不愛魯侯盟皆意在言外人所未嘗道者先生應酬之作率多佳句如此類者蓋不少也其稿多

不存惜哉
奚元啓嘗會試下第先生以情爲題作詞一闋慰之名念奴嬌云佳人薄命嘆紅粉幾多黃土豈是老天渾不管好惡隨人自取旣賦嬌容又全慧性却遣隨凡侶不平如此問天天更不語　可惜國色天香隨緣流落飄泊今如許借問繁華何處在多少樓臺歌舞紫陌春遊綠窗曉繡過客驚媚嫵人生失意從來無問今古謹錄于此凡失意者覩之亦足以自慰也

先生嘗與友人論及時事友人言某某者起自寒微一旦驟登顯位先生即口占一詩云功名富貴似危竿上去時難下更難到盡頭時須把捉幾多人在下頭看又言某某者娶一妾未幾逃去竟不返先生又口占一詩云傾囊買得隴山鸚學語依依似有情一旦開籠遠飛去會心空解學人聲是詩見偶侍側因記之後舉似先生先生忘其爲己語也亦發一笑先生才思敏捷出口成文如此類者甚多往往切於事

情而可以爲人情世態瞥然言出即已不復紀錄冕及門也晚不得悉聞其語而聞之亦或不能悉記也又聞先生少年倣其太守守瓊大興土木之工民有不堪者先生作詩諷之其結句云天公若解使君意驀地生成百座楼詞語驚陔可以爲殘民者之戒今其全篇不復存矣

楊鐵崖晚寓松江優游光景始二十年姬妾十數人曰桃葉曰柳枝曰瓊華曰翠羽年既八十精力不衰

璚翠尚有弄瓦弄璋之喜客有小海生者賀之爲江山風月福人貌鐵崖像而賦詩其上曰二十四考中書令二百六字太師銜不如八字神仙幅風月湖山一擔擔天年已至九十九好景常如三月三小素小蠻休比似桃根桃葉尚宜男鐵崖和之曰紅兜羅巾白鐵衫金鑾致仕得頭銜家無撲滿從誰破世有鐵伽人自擔黃白未嘗傳八八龍蛇奚用辨三三人間黃閤在平地付與西京妾一男先生於成化已亥四

月四日和之曰風月仙人生海南拜官常帶玉堂銜九天雲霧口中吐萬古乾坤肩上擔烏豢篆玄文萬萬龜書錫範數三三予心有喜君知否再察從今定得男和畢題其[redacted]筆書[redacted]有爲也他日又和之云天上玉堂吾所耽遷官猶寫舊時銜隨心行去何曾慮信手拈來不用擔老去感人情倚萬醉來對月影成三從今便作四頭計家事都將付冢男冕聞鐵崖自矜才力者韻愈險句愈奇先生亦嘗稱

十三

鐵崖前二[illegible]不能爲韻所縛以晃觀之鐵崖不過蒐摭奇僻以成[illegible]先生之詩語句[illegible]雄神理悠裕可謂無忝其所[illegible]雖曰和韻而實不類和韻詩古所謂縛虎手也

瓊山去燕萬里餘顯顯居大海中而先生生乎其間晃少時聞先生名則意其或爲神仙人而降生千世也及獲游先生之門得先生夢中所作詩觀之然後信其爲不偶然焉其詩有序序曰家居瓊山之下田

村七月二十四夜夢蓬頭童子問予以村之所以名夢中作此詩答之覺而呼燈疾書予都城東之遠遊軒詩曰瀛海中間別有天寧知我不是神仙請言六合虛空外曾見三皇混沌前玄圃麟洲非遠境延康龍漢未多年有人問我家居處朱橘金花滿下田仙家有上田中田下田之說先生所居村名偶與之合似不偶然也且六合之外世人所不言而今言之三皇以前世人所不見而今見之玄圃麟州乃海上仙

山今則盡[illegible]延康龍漢[illegible]號今則未爲多日非神[illegible]而[illegible]見書[illegible]先生在學中[illegible]雁集泮池先生記之曰正統壬戌八月辛丑時肄業學宫日亭午與同舍生苻鍾秀偶息游焉有童子走報曰有鳥集于學宫泮池之中比鶂鶂而小似鳬鷖而大足指蹼屬毛色蒼白徬徨四顧馴擾而不驚盖平昔所未見者盡觀之予偕鍾秀往焉顧謂之曰此易所謂漸于陸其羽可用爲儀

者乎書所謂隨陽以攸居者乎禮之用爲大夫贄而士婚擯盛以贄者乎是鳥也生於沙漠之墟隨陽南征集于江湖漢沔之間乃其所也嶺海之間隔山越洒盖彼飛不能遠到之處胡爲而至此耶泛淼鯨波百川斯委四州之間二三千里之域其間之水匯而爲湖派而爲河潴而爲沼沚視斯涔池廣袤何啻百倍且此學宫相去重湖僅一堵許彼皆不之集而顧來於茲謂其無意可乎鍾秀叩予以求其故予謂之

曰禽鳥天産也其得氣最先而鴈又隨陽之物秋賔
南而春歸北知時者也其乘氣機而先動尤非他鳥
之比昔人聞天津杜鵑之聲而預有所占焉矧茲陽
鴈素稱知時者乎昔者地氣自南而北果有南人以
文字亂天下今也地氣自北而南安知無南人以文
字治天下乎昔既有驗今亦有驗矣鍾秀戲謂予曰
安知非子邪予唉而遜謝焉鴈聞人言若對以臆童
子揮手倏尔西征歸而筆之以爲鴈集瓊庠記今考

先生是時年二十有二記中所用語多出六經諸史可見先生少年非徒天資高邁而學力過人固已遠甚以文字治天下驗之今日豈虛語邪後廿餘年鍾秀[redacted]縣尹先生適在翰林作詩十數章送之其中一首云鴈飛不到海南天來集芹池豈偶然當日嶠瀧同看處羨君偏自炳幾先正謂此也

唐李習之仕憲宗朝憫一世之人皆嘆老嗟卑而天下日趨於亂作幽懷賦以見意以爲神堯以一旅取

天下而後世子孫不能以天下取河北宋歐陽子讀之大加嘆賞曰使當時君子皆易其嘆老嗟卑之心爲翱所憂之心則唐之天下豈有亂與亡哉朱文公楚詞後語亦取之以繼離騷經之後先生則又以爲位卑則勢不得行身老則力不能行使舍位與時雖有道其將焉施邪因作後幽懷賦曰嗟予生于遐僻兮夙有志於匡時理無一而不究兮事經目而輒思卜致身于承明兮冀必見於施爲紛紛時制之各異兮

羞所見之多違歲冉冉其將老兮顧所懷之非弃遂徙
兀兀以勤劬兮竟莫成乎一事撫中懷而自惜兮竊
祿食而深愧恐終待而無時兮思從此而違逝念明
時之難遇兮心欲去而非忍也戰兩端於胸中兮病
悄悄如將隕也慨昔賢之賦所懷兮鄙衆人之嘆老
嗟卑予則以爲舍位與時兮雖有道兮其焉施悼往
者之不可復兮而來者之尤不可期爰因往以推來
兮灼此理之無疑藐一身何足惜兮顧賦畀之其大

人皆放乎一己之私兮孰爲究夫天下之利害伊昔
裔夷之僭夏兮易天地以倒置宣尼春秋之謹始兮
變乃驗於千八百歲我
神祖之挺生兮載啓天而奠地泄上帝之幽憤兮伸
華人之鬱氣大功垂於萬世兮百王遡其難配付
聖子神孫於萬年兮圖久安而長治懸爵祿以待賢
兮明經術以造士何紛紛而靡靡兮杳不知其所自
忽事機而不爲之審兮撫其時而乘之置其身於安

逖兮忽其生之所依曰大廈不假於一木兮然廈非木又曷以成也人人皆謂然兮又將責誰以支撐也噫今人非不古如兮習俗使之則然駕大輅以衆馬兮禁其廢古法以周旋驥伏櫪以老死兮銜按圖以招延襲教之以何物兮今惟取其貌言評曰已矣乎世固莫吾信兮予將喋喋其誰語世雖斯今兮予惟覵之以古抱直道以終身兮矢不負乎尼父其中如所謂藐一身何足惜顧賦畀之甚大人皆放乎己私

孰究夫天下之利害等語眞名言也先生平生有志用世凡天下事一經目輒思所以處置而調停之務欲一一各得其理自少以至中年未嘗一日置其身於安逸之地存乎心者如此發乎言者亦如此施於事也無不如此每居一職必盡心竭力不少怠忽推此以往其心蓋將使天下之物各得其所而後已焉志大而心廣慮遠而憂深觀此一賦可知其大槩矣視彼之流連光景者雖曰體物瀏亮亦何益於世哉

先生嘗作左右箴銘其序曰人苦不安分汲汲然常有不足之念迨其老也猶不息心于今年五十有五矣忝以文字爲職業然往往用於空言平生所學竟不得一施爲者人或于惜然不知此予分也况駸駸老境雖或見用而亦氣衰志惰不能以有爲矣間於宴息小寬之中倣古人揭箴銘以自儆左箴曰安分右銘曰息心夫箴銘體製必爲韻語庶其可成誦以自儆也予不能文其所謂箴銘惟用一言不敢多及

所以然者取其簡徑不費辭而易領會也遇有事焉或相知者之相慰藉則隨所寓以自解云其左箴曰命其右銘曰罷嗟乎世之希求苟合之士蘧篨戚施以俛仰權貴逶迤勢利以闒闒爲精神以向背爲得失見先生此言其不唾且笑者寡矣豈知先生之心乎誠使世人皆安於當然之分息其求足之心而以先生此心爲心吾知奔競之風自此而息廉耻之節于是乎崇以培 國家元氣於無窮將必有賴乎斯

矣冕得先生此文於遺棄舊稿中愛之不能釋手自備錄其文於此而竊附已意於後非徒示人亦以自警且古人箴銘皆無一字者先生此作抑又可以爲文中之一體云冕作瓊臺先生詩話既脫稿忽憶先生嘗與友人論詩之詩云吐語操詞不用奇風行水上繭抽絲眼前景物口頭話便是人間絶妙辭因作而言曰先生之詩固已無愧此詩之所云矣所愧者冕不能悉探其意以論著之耳嗟乎先生平生述作

不爲不多其所以幸教後學之意至矣後學者不必求之於詩可也抑何事不論著之哉然道無適而不寓則學無遜而非師今觀先生之詩必或數十字多至百千言雖出于信口而成肆筆而書者皆足以見其正大光明之蘊和平易正之心開濟擴充之學忠君愛國之實心待客處友之誠意脩身正己之大節一于是乎發之至于風雲月露山川泉石喚笑嘻焉莫不踈越飄逸而卒歸于正道本乎彝理譬如穀

果布帛之在世終身服食有不可以一日缺譬如日月星辰之麗天光景炫耀愈出而愈新至於妙處又有專門用力於詩者不能以闖其庭戸而窺其堂奥蓋至於此則雖先生亦不能自知其妙矣冕嘗獨得其一二語于身心間故敢僭加論著以爲此編觀者苟求之於詞語音響之外而不徒拘拘於詩句之間則庶幾得先生之心而知先生之詩矣

冕下第南歸先生不以冕不可教和宋太史公送方

希古詩十四解以見賜且爲之序其序云禮云老而傳所謂傳者尤切焉夫人非生知不能不資於學學非一日之積也資稟有高下所得有淺深而其所以得之也又有難易苟得之于已而不及用用久而不克盡或用矣而無所記述焉方其壯也尚或他有所覬今既老矣决無可用之期或用止於是而不可復進與夫用矣而或至於遺忘不有所傳一旦溘先朝露則所學隨身澌盡矣豈不可惜哉予自幼有志於

學凡身之所至耳目之所見聞心思之所主想苟有益於身心有資於學識有可用於斯世斯民者無一而不究諸心焉筮仕以來郎以文學爲職業凡其平日所學而有得者隨事以應用或用之而驗或用之而不驗或未及用用之不知其驗與否今頭童齒豁去死期不遠矣欲一一筆之於書以俟後世輿或有知我者焉然精力衰而筆路荒不能如素志矣獨柰何哉每於中夜興思撫案發嘆一世士子汲汲功利

惟舉子業是務可與言語者誰歟乃歲戊戌予年五十有八矣離禮老面傳之歲僅十有二春秋焉耳適有喪子之戚而清湘蔣生以故人子來見憫予戚戚也面慰解焉踞而言曰先生幸與先人有一面雅兒願執弟子禮以終身予意其止欲習舉子業尔拒之生曰晃之志不專在進取先生進教之幸甚時生年未及弱發廣西解未利春官循例當歸家乃毅然留於京師逆旅中從其兄昇歷事督府朝夕來予館

下考德問業者三年今兹再試又不利將歸省其毋氏別予遠去欲晋之而不可得因念昔宋太史年幾七十始得方希古於其別去也作詩十有四章送之予雖不敢上擬太史公然得一英才而訓飭之喜動顔色而天理民彜不能自已其心則無以異於太史公也因歩其韻特筆以遺生其所以期望于生以永吾無窮之傳者意在言外生其念念不忘無徒謂強聒一一宜書紳如太史公之所望于其徒者然其詩

云文章有大家制作稱妙手欲知爲文法如造得法酒解一既如醱釀蜜又似蠶吐絲不見勤織女嫁有百襲衣解二至理須靜觀冥心休外慕戀戀憂子毋一步数面顛解三欲任萬鈞重寧免頹兩肩急就無鉅功凡事無不然解四生意暢于春得氣生于夜點鐵可成金糖霜原是蔗解五老我悼無傳賴汝以解憂我有百車貨寄汝萬斛舟解六悠悠天盡頭勤行亦可往有事勿預期勿忘勿助長解七丁寧出我日妙契在汝心愛身

如愛玉愛言如愛金解八織錦由寸縷成山起一簣譬如農耕田不爲旱潦廢解九與其求人知豈若求之天西子蒙不絜反羨嫫母妍解十採木來山中彼此初不異一入工師手乃獨成良器解十一試金當以礪磨玉須用泐春融氷化水日映雲成霞解十二我心日思歸後會難數遇須知歲月馳疾似追風驥解十三老景難爲别悲懷未易開高堂寧覲後念我早重來解十四嗟乎自聖賢之學不明師弟子之道廢也雖有得解有能推以及

人者或有之又不過私相授受於章句訓詁之間假此以借利祿希進取一不利於有司則爲弟子者又從而求諸他而爲其師者亦不以是罪其弟子盖習俗降而風氣移其勢則然也先生以文章道德爲一世宗師恒以引掖後進爲心雖駑鈍朽腐如晃者亦不棄而收之門下俾占係弟子之籍諄諄然教誨之不殊於子姪而期勉之則極於聖賢之所爲今茲南歸又辱和太史公詩見賜止不以太史公自居而乃

以太史公之望於其徒者望冕教育之意至於如此冕雖駑鈍朽腐然竭其心思罄其知慮窮其精力勉強學問萬一有成使將來或有所述焉則先生之所望於冕者庶幾可以無負乎竊惟希古年三十始從太史公游時公六十有七矣今先生之年去公尚遠而冕較於希古稍幼自此以往勉而不怠雖不能必如先生之所望然亦安敢負先生之所望哉太史公詩并序附見于此其序云古者重德教非惟子弟之

求師而爲師者得一英才而訓餙之未嘗不喜動顏色此無他天理民彝之不能自已也予以一日之長來受經者每有其人今皆散落四方黍稷雖芃芃不如稊稗之有秋者多矣晚得天台方生其爲人也凝重而不遷於物頴銳有以燭乎理間發爲文如水湧而山出喧啾百鳥中見此孤鳳凰云胡不喜感一作別去感慨今昔又云何不思退朝之暇懸燈默坐因發於詩聲一十四章以遺之末章用來字者與貞筊重

重来以迄於有成也其詩云北風何透遮雪花大于手之子有遠役恐勸尊中酒解一念子初來時才思若繭絲抽之巳見緒染就五色衣解二被之行儒林孰不生艶慕躚躚媚學徒三步一回顧解三予生老且至秋髮齒兩肩得之喜欲舞如獲寶璐然解四素編耽清晝青燈坐夜深探玄欲忘寢薦味如啖蔗解五一朝別我去何以釋離憂不禁秦淮水流子江上舟解六但願逆風送吹舟不得往共穿鍾阜雲時看白石長解七風火無

情物安能知我心事既不能諧贈言如贈金解八須知九仞山功成必一簣學貴隨日新慎毋中道廢解九群經耿明訓白日麗青天苟徒溺文辭螢爝欲爭妍解十姬孔亦何人顔面了不異寧隨盆盎中當作瑚璉器解十一不見金谷園瓊芳委塵沙泰山有喬松老幹凌蒼霞解十二四海皆兄弟知己獨難遇伯樂倘不逢鹽車厄騏驥解十三明年二三月蘿山花正開登高日騁望遲子能重來解十四今集作送四明李生蓋託名也先生所

謂毋徒謂強聒一一直書紳三語亦太史公送希古詩詩多不載詳見太史公全集

附錄

宗孫兆昌編輯　弟昞昌　男夔暘較

蔣公是編殆漢儒所謂臣聞之師者其敢不以告吾黨也雖肰太冲三都賦自隹得玄晏一叙而洛陽紙貴余祖重公乎公重余祖乎公師事余祖奚知是深先正謂公問學之弘遠制行之端謹立朝之剛正無一不肖似余祖者余祖為文貞宗子朱子而公凡入告嘉猷一主朱子之說執持不回至於功在　社稷

排大難斷大事决大疑有余祖所能爲而未及者公皆身之今閱湘皋集中上余祖書及諸詩序與詩話二卷皆公十七八時所作若不經意而見者已知其爲臺閣之文公之話余祖者也實公之自話也兆昌僭訪余閱卻習宗相卒業其詩話如讀異書因嘆文章風雅聲價不磨蔣公子授此時尊信師說以啓後賢嚮君千百載後什襲珍藏此究勤架足稱異世同心者矣而況爲其後者乎夫公感知於余祖而因及祖之

子若侄若戚余阿致意於公而因及公之祖若父若兄著作所通誼切孔李此段因緣不可不更爲之話此區區所以翻而鐫之來而輒之以爲傳家之寶使夫後之人讀其書如聞其語言見其行事羨其一時相與之雅道義之交當必有景其遺風者僅錄十七則附詩話後而識之

祖爲公字敬之序曰清湘蔣冕予故人河西縣令希王之子也年十五領廣東解省明年試春官卒業太

學與其兒昇以故人子來見未幾又介其父執陳郡傳先生執贄來從予學爲古文辭又明年昇爲之加布於其首旅卽草草雖弗能戒賓備禮然名必有字字必有辭不可缺也旣冠來拜予求字乃命之曰敬之又爲之補其祝辭於乎予老矣而冕年方艾予不日歸老於山窮水絶之處不能旦夕嘗相教益也冕乎聞人呼汝之字恒如聞予之聲出於心而宣於口誦乎此辭恒如予之丁寧告戒以親臨乎汝之側也

聖賢事業基於敬之一言其尚念念不忘而進進不已也哉詞曰人之有身首爲之元身之有章冠爲其尊戴冠在首法天之象冠小有冕人君所尚其上有綖前後有旒文而得中孔子從周君象體上人所具瞻惟敬斯尊惟敬斯嚴內存外形儼望而畏一弗敬焉則戾乎是名爾以冕式克似之父命斯在烏乎弗思既冒冕名當實冕德冠雖非冕視冕爲則首容必直心德惟欽如大君在上如上帝是臨戴天以行念

念在斯出入起居罔敢或息宇汝以敬祝以斯言終身服之奉以周旋

又敬所爲公作五言詩曰古人敬作所日夕處其中出入與起居恒與此所同居憇以爲室游寓以爲邸行于此中行止向此中止莊誦敬夫銘服膺晦翁箴非徒所其身將以所其心心心在此所所至如戴天惺惺重惺惺白首相周旋其勗之意深矣

遊歸信筆付公詩曰歸來塵土滿烏紗倦極無言感

物華老景幾時猶戀祿故園何處此看花病來應世少諧俗閑裏著書空滿家白首揚雄惟寂寞剩將心事語侯芭

公下第作詩慰之曰何事情懷苦不堪憐君失意我懷慚阿房杜牧曾居五禮部韓公也到三自嘆白頭難再黑極知青色過於藍老子不久歸休去遙聽佳音播海南後大學士臨桂呂公調陽序公集有云先生自童丱稱神總角發擗文莊邱公寄之以詩曰自

嘆白頭難再黑極知青色過於藍蓋已識其爲公輔之器云

送公乃兄進士昇得告還鄉詩曰平止故人何西宰宦轍所至多遺愛用才不盡慶有餘天意分明猶有在二子食報非偶然一日聲名播中外大者如麒麟頭角定趾無非仁小者如鳳凰鵷鷹羽翮咸成章奉天殿前試制策文彩翩翩聲赫赫人家得一已爲多同氣聯芳更奇特竹也讀書蓬中秘飲食坐卧皆

文字伯兮　賜告歸故鄉周旋舉動皆　恩光人生
生子有如此地下有靈應亦喜昇兮昇兮今汝歸歸
拜先塋爲致辭後死故人無恙在鍾情還似有生時
按祖于舜珪公之故而作詩以送希玉歸於希玉公
之故又作詩以送梅軒歸其生死交情真足稱世講
云舜珪蔣公之祖希玉其父梅軒則其兄也
公上祖書有四成化十七年七月十八日書曰伏惟
先生以道德文章爲天下宗師尤汲汲以引掖人才

爲己任士苟有善必稱揚之使有聞于世故雖以冕之不才亦辱不棄進之門下義重而恩厚心誠而意美此非古之人不能而今人則罕見也冕實深愧焉竊告歸省又辱寵以教言而以大賢君子之望于其徒者是望教育之至無以爲喻第斯懼者不能如斯望譬猶以數斛之舟乘百車之貨以泛于海其不至于覆溺也者幾希雖然苟堅其檣柁固其維纜備其樓櫓僥倖無風濤之患則豈終覆溺也哉而冕也不

敢不勉矣六月四日自潞河發舟晃侍兄側幸得無恙但其舟甚小行李書冊外雖餘無長物亦無所容日中抱膝而坐不敢仰觀又天氣熱甚目或昏亦不能細視欲求與筆札相親而不可得賴有鄉友數人朝夕清談以終日而已舟至臨清同舟者稍稍徙之他舟居一日同舟者盡去乃求快船而徙之雖其行稍速亡恐然計其所費亦已甚鉅矣且人衆不能遂所欲為自念窮窘貧困至於如此亦可悲也已既而

白解曰顔子操簞與瓢以居陋巷終其身不改其樂古之聖賢有以樂諸其心其身雖困亦有所不暇顧也龍蛇不得水處于尋常之間見困于泥沙見侮于魚鼈其身雖窮而其騰高舉遠之志不窮卒然雲騰而雨降雷鳴而風生由于淵而升于天不難也士苟有以樂諸其心則雖窮窘貧困亦何損于己邪冕雖不才得先生焉而爲其徒則亦足以有所恃而樂諸其心矣奚以悲爲使苟一時之幸美衣服盛車騎揚揚

然過閭里俾小夫賤隸歆慕企想以為不可及雖無
窮窘貧困之悲亦何以易此樂也哉先生之教育期
望乎晃者因不在此晃之所以感先生者亦豈在此
耶今學業荒蕪誠不可言時有所疑欲就先生質問
忽驚相去已數千里仰首望門庭如九地之于九天
不可得至也晃茲南歸去先生之庭日益遠接塵俗
之態日益繁使其心又以憂衣食亂則所以務學之
日少而外慕之日多安得如先生所教靜觀至理實

心勿外慕也哉此冕所以深爲之愧且懼也沿途未嘗一遇便人心懸懸而不得上通七月十有一日始至南畿南歸之期度不出此月寧覲後負笈重來以勉求其或有所成冕之志也亦慈母大兄之所欲也而豈敢後時貴邑張舉人將比上京師偶邂逅于新河逆旅因敬作此拜上不宣

成化十七年七月二十五日書曰先生之教冕冕之見教于先生天下皆知之先生之所以教冕冕之所

以見教于先生雖暴之于天下皆可以無愧先生採索古初洞達幽隱細折玄微大包荒擴天下之士莫不以先生爲知言皆彈冠相慶願爲先生之門生學子而有不可得者盖先生之於士才者取之不才者併而教之皆因其質之所近初未嘗必其同己以故士之才者願在所取而不才者亦願在所教地之美者同于生物不同于所生凡可以衣可以食可以用者苟種之無或不生惟荒瘠斥鹵之地獨目所望皆

詩詞附錄　下卷

黄茅白葦先生之于士小大畢取而未嘗必其同已其亦猶地之奚者之生物歟晃雖不才亦在所教其爲幸甚矣此所以日夜圖報稱其萬一而未能焉昔者陶淵明乞食于人得一食至欲以冥謝今晃之所得于先生者夫豈直一食則其所以感激奮發以圖報稱其萬一者宜何如哉自拜别來凡六十日不見道德之光日遠而鄙吝之萌日生晃也者乃今日之晃非昔日之晃也假令先生見之且必棄之不暇尚

尚或可以躬行之歟去年得告南歸將娶于陳氏意以陳氏者吾郡之故家鉅姓者也而世有大德厚望之人焉其能行婚禮無疑矣乃遣人爲之一一言之而彼家之所謂大德厚望者方且惑于流俗膠固執泥以爲不可於是宛轉使人委曲開示謂之曰古禮簡徑何苦不行至再至三彼不得已然後勉從親迎之一節若夫次日而後見舅姑三日而後見宗廟者一切不從然親迎之期尚遠至期亦未知其果從與

否也初冕之欲行此禮豈獨彼家以爲不可雖吾之母與夫宗族之尊長亦皆以爲不可以故不忍拂親之意而不能盡如鄙心之所喜而行之也且夫鄙心所喜非欲立異以爲高逆情以干譽也盖以古禮日湮流俗日弊果能變流俗行古禮庶幾天下人人得見古人丰采肰古人者亦人耳豈與今人異哉古人能行之於古今人乃不能行之於今亦獨何歟大抵凡人之情可以與之言今不可以與之言古孫昌胤

慨古冠禮之不復獨發憤行之而見譏于鄭叔於外廷伊川程正公治喪不用浮屠在洛亦僅有一二人家化之耳以此見流俗之弊雖聖賢亦無如之何而聖賢所爲未必不爲流俗所譏笑特頻百年論定然後見知于後世耳然知不知亦豈吾所當挂齒牙哉吾之所爲果有益於世而世不知矣反見譏笑其責在乎人吾何與焉使必世知矣之吾然後行則吾之所以待乎己者輕而務乎外者重矣不已狹乎

伯牙鼓琴惟鍾子期能知其音子期死伯牙遂不復鼓琴嗚呼向使無子期伯牙之琴其終不一鼓邪是其待乎己者輕務乎外者重歟君子言之無足恥也冕辱游先生之門竊有見乎此是以毅然欲行婚禮不復顧流俗然不忍拂親之意卒不克行而終焉與世涪湛俯仰爲流俗之歸淺闇疎陋以至于此固鄙是惜所就業者恐傷文公著書垂世之盛心與先生輔翼文公之勤意而反見譏笑于流俗焉耳王臣來

德之宗師其經綸康濟之具雖未盡見於施行而著之于言語文字者一時之人不問識與不識莫不知而信之固足以垂示後世無疑矣凡其所爲言語文字悉光明正大俊偉潔白類其爲人如饑之必食食必五穀如渴之必飲飲必湯水如寒之必衣衣必布帛蓋其得于天才自有不得不然者雖游戲諧謔嗤笑嚾罵必也歸于有[redacted]非虛誕無益之空言鼂辱從先生游於茲數年竊觀先生之詩擬李而似李擬杜

而似杜擬韋柳而似韋柳過有所爲無不各臻其妙此豈偶爾得意而爲之若世之能爲乎此而不能爲乎彼拘拘于一才者哉蓋其得于天才者變化莫測故也先生之謨謀在朝廷[redacted]在天下事業在著述固不以詩而後見也然欲知先生之爲人者抑或于詩而可以見焉先生官禮部右侍郎掌國子監事天下之士不稱爲官而稱爲瓊山先生表其所生之地以爲仰重之意也故詩集亦以名云

公詩藁自序云夫人之能言非能言也乃不能不爲之言也情蘊于中感于物而動夫雖欲不言其可得邪晃聞大司成丘先生之論以爲古能言之人皆有所不得已而後有言故其言工以故凡學爲詩詞求嘗敢有得已而爲者爲之必不得已皆所以言吾情之所感者伸紙信筆率爾而爲言雖不工不能逮古然亦不卹也自戊戌歲至辛丑凡所爲詩得若干首彙次成帙以呈于先生先生曰小子之詩成篇章而

合格式矣自兹以往勉而不怠其或可逮能言者之
言乎冕受言而退因論叙之而藏于篋中
公作余祖幼子初出就外傳詩云老蚌含光彩明珠
掌上生丰神隨日異言語得人驚黃卷供新玩青雲
奮遠程一經能趾美君莫少玄成
公作一成祖發冢論序云予亡友丘君一成嘗取冢
莊氏詩禮發冢之義作發冢論而托名于兀菸拙上
古温意以非化外之民有迷罔之疾者决不為此言

譯以華言即所謂無是人也得非用漢賦亡是公例歟嗚呼一成之用意深矣始一成爲此論既脫稿未嘗示人予偶見之几案間亟歎屏去予請至再三迺出以見示且曰走爲此論乃痴人說夢中事也夢者固痴矣安知聞人說夢者不亦痴其人哉夫天下之事心有所蔽則以惡爲善以非爲是以害爲利者多矣古人不云乎簸糠眯目則天地四方易位自是其是者蔽于所見但見其是而不知其非人一切有言

舉不能入自非爲之說者逆探其所料指摘其所信推極其所期埥兩端而盡之凡彼所以爲之地者一一豫爲之言若彼之自言焉者又肎足以感悟其心也邪予爲此論意盖出此雖然天下事可言者多矣何獨論此哉殷鑒不遠在夏后之世事莫急焉故也言畢仍命左右匱韞之三緘焉且戒予勿言時一成病已極曾幾何時竟不起矣嗚呼惜哉一成諱敦別

必學齋深菴先生冢子也生甫十齡隨母夫人南

鄭家居年二十四始北上侍先生首尾六春秋而病居其半其卒也纔三十有一天資絕人遠甚書一過目不費思索即了其義博極群書而尤究心陰陽造化之理往往有所深造性韜晦對人未嘗文言雖先生父子之間亦不能盡知也為文多不起草與所到處落筆千百言不休每繙動簡冊輒有著作之念多有所輯錄皆未成書惟此論脫稿云予辱游先生門甚荷一成教愛義雖友朋情同骨肉方將資其琢磨

厯或少底于成乃遽爾棄予以去三復遺稿不能不盡傷于心昔者魯褒著論頌錢之神謂其無位而尊無勢而熱危可使安死可使活賤可使貴貧可使富忿爭以之勝幽滯以之拔以至解怨仇發令問轉禍爲福因敗爲成極言錢之妙用以著其神然錢豈真有神哉錢無神而謂其有神一成之論其即褒之論歟嗚呼一成已矣世安得復有斯人使天假之以年其所成就當不在古人下

公又爲一成祖作行狀幾萬言不盡錄大槩語其謹守則曰無故足不履城市不涉迹公府藩臬按部至瓊者不肯輒先趨謁或爲先生來視郎日投刺報謁時事不一挂口問之亦不對方伯某公按瓊謂君曰有事不妨來言諾之而不復閱月召君問故對曰敦素不習此故人無來託者他日某公詢諸郡縣吏果然嘆曰丘先生可謂有子矣有守瓊者見先生素不預公府事遂欲陷君以利因陰結于先生門造其子

語君曰鄉人苟有訟事能餽君五百金者盡爲之解紛乎應之曰此言何爲至于我尊公但循厥則閭郡皆受五百金之賜奚必敦哉其人歸語其父甚懟語人曰丘氏父子相似蓋尤君言之太峻也方伯陳公士賢先生考會試時本房門生也因君北行賚白金二鎰遣人致辭曰某平生不餽遺人徒以老門生之故破戒爲此即君其勿卻君愧其辭不受陳自愧失辭亟謝過往返數四竟不受陳嘆息而止語其篤學

則曰一時學者多舉子業是務四子一經外漫不加省君左顧右盼無所適從未嘗不茫然自失也日坐卧書樓中取先生所留書閱之若不識字惟以意會久之因其所已通以達其所未通恒謂人曰人之于字皆先識音而後知義予則因意以求音于是先群經次諸史又次子集下至稗官小説及釋氏書亦能悉其精微間出以示人有觸其機鋒者肆口辯詰傾河瀉海不見有窮竭態自謂[redacted]路尚生于文章家修

辭之法患不得其蹊[redacted]又摘出諸史書泛觀廣覽至
與衰成敗之[redacted]反覆[redacted]玩于凡一代顛末一君始終
皆撮其行事[redacted]以聖賢理道斷之如史家之贊辭云
者上下數千載間繇是博極群書而藻思日以逸發
矣時作一書達先生幾萬言論家事而偶及高雷治
河事其言曰此河一成即有無窮之利朕使區處乖
方則恐無其利而今先受其害元人治河因之召亂
往事盍可鑒已先是高雷有故河遺迹先生欲開通

之以便舟楫而任事者或因之擾民故君書及之大
司空謝先生見君此書驚謂先生曰此子當世公家
學何可使之獨學無友乎先生因屬書趣君來侍左
右日聞所未聞而所見益擴弘其時先生方主教事
門下諸生數十人■避遠形迹不交一人過有所
往獨策一蹇挾一僮辟肰埃壒中雖諸生不識其為
先生子也是時當塗用事者多縶于敗君因作詩以
志戒有近世大臣多子敗而繼之以肥馬輕裘真極

梧明窓棐几卽山林之語聞者賢之華亭張汝弼爲
南安守一見奇之目之爲小坡盍擬之于東坡之子
過云其所著作雜文及古今詩長多發家論一卷醫
史四十六冊他所輯錄皆未成書嗚呼以先生之仁
而不能壽君以君之賢而不能自壽茫茫者天吾又
安從而詰之乎予從先生學最久與君相得甚驩間
嘗爲予道其少年事皆歷歷可敬病中又手書平生
立身行己之大端易簀時將持以授予而卒不及與

君訣其意蓋有所託也

公作再成祖金臺別意圖詩序云瓊山丘君再成宗伯深菴先生從子也年甫十七八即奮志于學與先生冢子一成自相師友讀書勤甚夜每宿火寢至雞初號輒起挾冊就燈下聲琅琅達旦終日弗肯伏卒以爲常雖祁寒盛暑不少怠再成既失怙先生又遠宦于　朝衆咸謂其生長富貴巾不縣父兄督迫乃能卓卓自樹立何生質之美賢于人遠哉其後入鄉

校爲子弟貢游場屋久之弗得志不獲已爲有司勸
駕應貢上京師旣廷試授例卒業南雍不久將歸覲
其親于於是有不能已于情者憶歲戊戌辱游先生
之門時再成兄弟皆家居聞其賢亟欲一聚首而不
可得因寓書約爲異姓兄弟後六年一成來展省于
適見黜南宮朝夕先生館下同其誦習者三年又三
年而再成始來方喜其來握手聚語相慰籍會未幾
時遽爾别去未知重來又在何日百年瞬息更能得

幾聚首邪肰又有告焉君子之相與苟使德誼日進學槩日脩雖萬里暌違數年契闊亦何足惜不肰朝夕䟕步相追逐尚奚益哉子雖非忘情者而再底之志又决能卓卓自樹立今之别也進德脩業將歲異而月不同固無俟於予言亦非予言所能增益所以瀆告之者君子相與之道當肰也士大夫繪金臺别意圖遂卄成行各賦詩道别余因首書于圖之上方以爲序詩自編脩涂君而下總若干首皆吾嶺南之

士云

公送李君思學歸瓊南序云瓊臺先生以文學道德爲　聖天子所眷注朝夕左右論思密勿以行其經綸康濟之學先生聲名滿天下天下之人平日欽覩其著述稔聞其論議而想望其丰采欲求一見而不可得而瓊人慕之尤切蓋自先生擢甲魁官禁垣以至於今正色立朝者四十年中間雖以太夫人之憂嘗一歸肰未幾即來亦餘二十年于今矣瓊之人雖

家傳其書人遵其理而不贍先生之旨守已非一日其思慕願見之心當何如哉况在姻戚之中而有兄弟之義者乎此澄邁李君思學之所以北來也君太夫人之猶子于先生爲內弟去年之秋自以不見先生也久誦言將北上或以道遠尼其行君慷慨言曰昔巢元修之于二蘇徒慕其文章節行之高尚不遠數千里徒步往訪之况吾內兄文章節行高出古人上乎也又幸居姻戚兄弟行少相與嬉遊今白首矣

忍不相追逐邪久别願見心甚饑渴傾以萬里爲遠哉苟以遠自阻吾恐巢元修笑人即日戒行李上道繇陸凡水皖沿復溯閱數月始至京師時先生求歸之疏已八九上而李君適至先生得之喜甚留處左右將藉之以補其歸遂再疏懇以疾請 聖天子親發德音謂先生文學老成方隆倚任不聽其以疾去但今大風雨雪日俱免朝參以優崇之益好治之盛心崇儒之異數亘古罕聞而在今則僅見者也先生

其安能遽歸于是李君辭歸將爲先生輩理田廬以成其他日歸老之計以寬其今日內顧之私俾益得顓精畢力于論思啓沃之任以仰荅曠世之奇遇此李君之志也李君歸矣吾想其抵瓊之日族姻朋儕來胥會相與蔭榕陰酌椰漿劇談 聖天子圖任耆壽俊之盛矣而嘉歎嶺海以南以文學道德而位極人臣者百餘年來僅一見于先生也間出先生之緒言餘論更相告語以稱先生嘉惠桑梓之心吾知

瓊之父老子弟久欲見先生而不可得者一見李茝亦如見先生矣豈不快哉因序以華其歸

林瓊山赴任首欲修葺余祖塋域公作詩以送之云

南溟奇甸有瓊山自昔名高嶺海間吏治得無今日異人心誰挽古風還牛刀小試應無敵皂鳥高飛詎易攀欲致南豊香一瓣下車先爲掃榛菅

瓊臺詩話二卷編修吳典家藏本

明蔣冕編冕有湘臯集已著錄冕爲邱濬之門人因裒輯濬生平吟咏各詳其本事蓋倣吳沆後人輯環溪詩話之例凡七十五條詞多溢美蓋濬以博洽著詩非其所長冕以端謹不阿著論詩亦非其所長也